忘れ得ぬ言葉

私が出会った37人

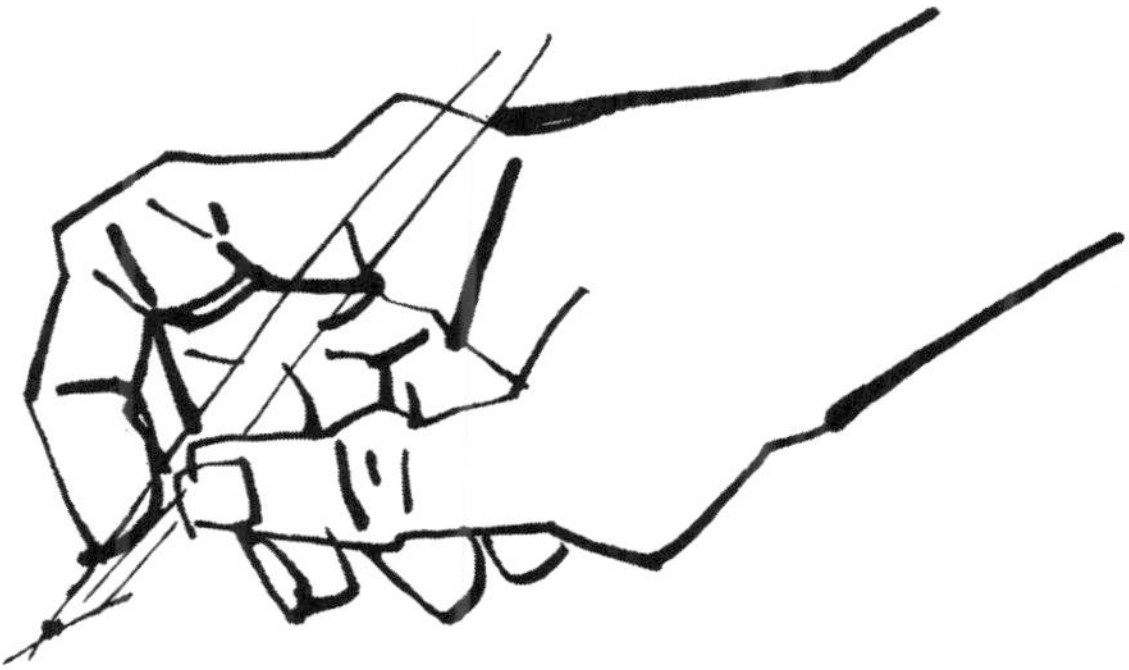

忘れ得ぬ言葉

私が出会った37人

鎌田慧

岩波書店

目次

Ⅰ

IV

写真　共同通信社
その他個人提供のものは写真下に示した
装画　こうのかなえ
装丁　後藤葉子（森デザイン室）

I

大江健三郎

「私らは原発体制の
恐怖と侮辱のそとに出て、
自由に生きて行けるはずです」

おおえ・けんざぶろう
1935.1.31－2023.3.3（88歳）.
愛媛県生まれ．作家．「飼育」で芥川賞受賞．1994年ノーベル文学賞受賞．

大江健三郎さんと坂本龍一さん。この日本を代表する作家と音楽家は、原発にたいする猛烈な批判者であり、運動家でもあった。この偉大な個性が二〇二三年三月、相前後して世を去った。ふたりは「さようなら原発」運動の呼びかけ人として集会に参加し、原発推進を強行する政治家たちに、痛烈な批判を加えていた。

福島原発の爆発事故が発生した二〇一一年三月からほぼ一年半後、二〇一二年七月、東京・代々木公園での集会には一七万人が参加、一九六〇年六月の安保反対闘争以来の大集会となり、パレードは三コースに分かれて行われた。

　この日、発言者は大江、坂本、経済評論家の内橋克人《かつと》、作家の落合恵子、澤地久枝、瀬戸内寂聴、画家の奈良美智《よしとも》のみなさんと鎌田だった。大江さんとわたしはそのすこし前、首相官邸にでかけて、藤村修官房長官に、脱原発を訴える七五〇万筆の署名を手渡していた。が、そのすぐあとに、大飯《おおい》原発（福井県）の再稼働が決定された。大江さんは怒りをこめて、中野重治の小説『春さきの風』の、政治弾圧された女主人公の「わたしらは侮辱のなかに生きています」との言葉を引用した。

日本外国特派員協会での記者会見（2015.3.　右側は筆者）

　大江さんの最後の小説『晩年様式集《イン・レイト・スタイル》』で、ご自身の発言をこう書いている。「私らは侮辱のなかに生きています。今、まさにその思いを抱いて、私らはここに集まっています。私ら十数万人は、このまま侮辱のなかに生きてゆくのか？　あるいはもっと悪く、このまま次の原発事故によって、侮辱のなかで殺されるのか？

そういうことがあってはならない。そういう体制は打ち破らねばなりません。それは確実に打ち倒しうるし、私らは原発体制の恐怖と侮辱のそとに出て、自由に生きて行けるはずです。そのことを、私は今みなさんを前にして心から信じます。しっかり、やりつづけましょう」

この小説は妹と妻と娘の三人の視点から描かれているのだが、わたしへの手紙には、「丸谷才一の、大江は私小説だ、という彼の根柢の批評を、よし最後の小説で引き受けてやろうと考えています」と書かれてあった。

大江さんは集会のたびにデモの先頭にたって歩いていた。それればかりではなく、「日本外国特派員協会」など、記者会見にもなん回もつき合ってくださった。

「私はいろんな会に引き出していただけて、この二年、スッカリ隠退後の生活にはいるところをずいぶん励ましていただきました。今年からはもう小説を書かないのは予定通りですが、家での中心の仕事が家じゅうの書庫めいたものの整理で、それも終了しそうになり、少し文章の仕事に戻る準備を（気分においてですが）始めようとしています。これまでと少しちがった本の読み方にもなっています。秋にはお会いします。耳の具合は家族との間のコミュニケーションも不都合がありますが、考えてみると八〇歳になるのですから！」（二〇一四年六月一六日）

大江さんは戦後民主主義の象徴だった。戦争放棄の憲法九条を守り、平和をもとめ、いつも弱者の側にいた。原発は人類への侮辱だとして、行動の先頭にたった。いま、原発の再稼働・新増設、大軍拡、生活者の切り捨てが声高に語られ、政権からの侮辱が強まっている。『晩年様式集《イン・レイト・スタイル》』は次の言葉でしめくくられている。

私は生き直すことができない。しかし

私らは生き直すことができる。

瀬戸内寂聴

「やはりそういう
自分の逃げる姿勢
というものは許せない」

せとうち・じゃくちょう
1922.5.15－2021.11.9（99歳）.
徳島県生まれ．作家・僧侶．
著書『美は乱調にあり』『花に問え』ほか．

瀬戸内寂聴さんは行動する作家だった。生まれ故郷の徳島市で一九五三年に発生した「ラジオ商殺人事件」。夫殺しの罪を着せられた冨士茂子さんは、一三年後に仮釈放された。が、そのあとも無実を主張しつづけていた。それから無罪判決を勝ち取るまでの一九年間、瀬戸内さんはその運動をささえた。

明治末期のでっち上げ事件で有名な、「大逆事件」の被告・管野《かんの》須賀子《すがこ》や大正期の爆裂弾事件の金子《かねこ》文子《ふみこ》を書き、あさま山荘事件などを起こした、連合赤軍の幹部・永田洋子との往復書簡集も出版した。

そのこともあって死刑廃止を主張するようになった。戦争については「大殺人を命じた責任者」としての国家元首の責任に言及している(「私の書いた死刑囚たち」『それでも人は生きていく』)。いまだったなら、きっとロシアの大統領を痛烈に批判しているはずだ。

国会前の安保関連法案反対集会で(2015.6)

晩年は原発反対の集会にたびたび参加した。瀬戸内さんも「さようなら原発」運動の呼びかけ人のひとりだった。福島原発事故から七カ月後、二〇一一年一〇月、京都・円山公園の野外音楽堂で「反戦・反貧困・反差別集会」があった。法衣《ほうえ》姿の瀬戸内さんの話が終わったあと、「釜ケ崎共闘」の旗の下にいた老労働者が、演壇の下によろめくような足どりで現れた。

「質問があります」。右手をあげ、生真面目な声だった。瀬戸内さんは「ハイ」と答えて、演壇の端に歩み寄った。「先生、輪廻《りんね》とはなんですか」。舞台の真下で寂聴師に救いを求めるようなまなざしで見上げている日雇い労働者に、来世について語った。わたしも発言者として壇上の椅子に座っていたので、そのふたりの視線が相まじわる空間が、一幅の宗教画のようにみえた。

経済産業省前に張った原発抗議のテントにも、瀬戸内さんは秘書を同伴して京都の自宅からやってきた。雨になってわたしたちは気をもんでいた。ところが座り込みテント前に、車椅子で到着すると、雨はピタリとやんだ。「雨なんか、ひょい」とおどけた表情で、右手のひらに受けた雨をひっくり返すしぐさで笑わせた。

その二カ月後、二〇一二年七月の代々木公園での「さようなら原発集会」に参加するため、上京した。

「私は満九〇歳になりました。私より歳上の方はいらっしゃらないと思います。『冥《めい》土《ど》の土産』に皆さんがたくさん集まった姿をみたかったのです」といって、満場を笑わせた。が、そのあと九年を生きて、新聞、雑誌の連載をこなして書きつづけた。

晩年のラジカル性には、たしかに好奇心もふくまれていたかもしれない。ひとに寄り添う情と、逃げない、との覚悟が強かった。「ラジオ商殺人事件」の冤罪《えんざい》者に関わり、連合赤軍事件の永田洋子にも関わった。「相手の熱意に負けたのですか」と永田裁判の参考人として大谷恭子弁護士に質問されて、「やはりそういう自分の逃げる姿勢というものは許せないんではないかと思ったからです」と答えている。

わたしは先に挙げた『それでも人は生きていく』の巻末に「解説」を書いた。「ご丁寧なお心こもった解説を頂きありがとうございました。ご多用なのにすみませんでした。でも嬉しいです」と添え書きされた署名本をいただき、大事にしている。

鶴見俊輔

「国家が絶対だと言う。
そこのところをのみこめない」

つるみ・しゅんすけ
1922.6.25－2015.7.20（93歳）.
東京都生まれ．批評家．著書『戦時期日本の精神史』ほか．

一九八一年、漫才ブームだった。たけしときよしのコンビ「ツービート」が出現、人気を博していた。危ういネタを暴力的にしゃべりまくり、「残酷ギャグ」ともいわれた。週刊誌で、この新しいスターについて、批評家の鶴見俊輔さん、映画評論家の佐藤忠男さんと鼎談《ていだん》で論じあった。

佐藤さんとわたしは批判的だった。が、鶴見さんは好意的だった。「あらわれ方が目覚ましい、その一点だけですが」とデビューの瞬発力の評価だった。鶴見さんは飛び上がって時代を蹴っ飛ばし、時代に亀裂を与えた瞬間を買ったのだ。それを聞いて、一六歳も年下のわたしは、自分の感覚の古さに赤面した。

父親の祐輔《ゆうすけ》は戦前からの保守派の大物政治家であり、祖父は外務大臣や東京市長で

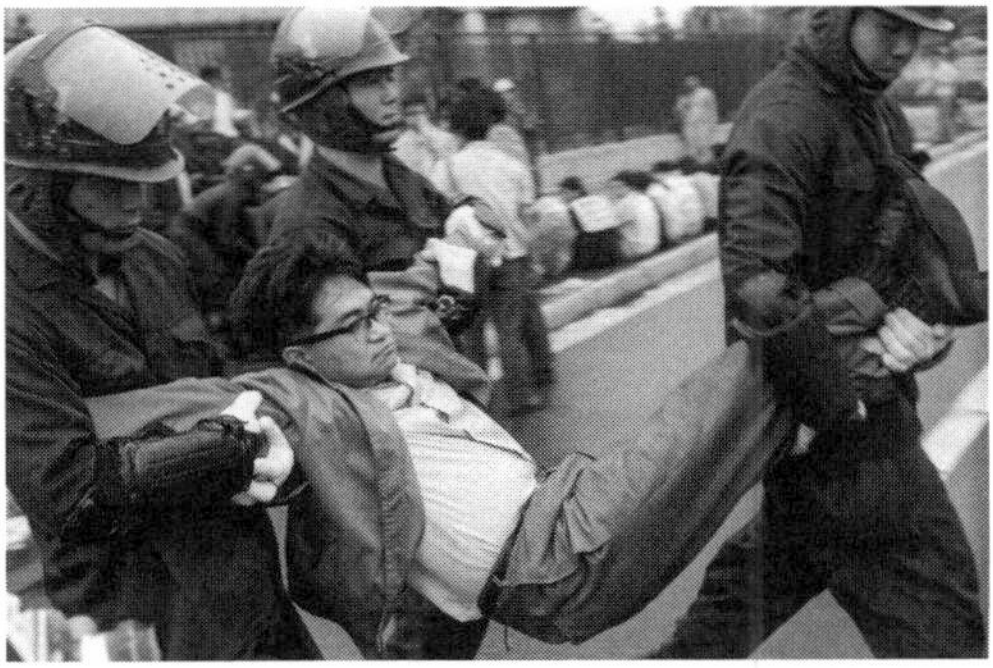

衆議院通用門前，安保反対の座り込みで機動隊にゴボウ抜きに（1970.6）

有名な後藤新平である。邸宅を背景にボールを抱えた、賢そうな俊輔少年の写真がある。その後、一七歳でハーバード大学哲学科に入学、帰国して東京工業大学の教授になった。

しかし、一九六〇年、日米新安保条約が自民党単独で強行採決されると、それに抗議して、大学に辞表を提出した。六五年、南ベトナムへ侵攻していた米軍が北爆を開始すると、小田実《まこと》さんなどとべ平連（ベトナムに平和を!市民連合）を組織して、市民デモをはじめた。アメリカ大使館前に座り込んだこともある。

七〇年、再就職していた同志社大学でも全共闘運動が起こり、大学側が機動隊を導入すると、認められないと辞職した。アカデミアのひとというよりは、大衆運動家としての行動だ。

一三歳の正月、広い居室に父母姉弟などと集まった一家の写真が、黒川創『鶴見俊輔伝』に掲載されている。俊輔少年は斜に構え、不良じみた目つきでカメラをにらんでいる。わたしが知っている温顔で優しい、ひとの話に耳を傾ける表情とは正反対なのだ。

「はじめは家の中の菓子をぬすむこと、金をぬすむこと、外に出て店のものを万引きすること、小学校にゆくふりをして映画館に朝から夕刻までいることというふうになり、男女のことについての悪事もおなじように段階をあがった」(「わたしの子どもだったころ」『鶴見俊輔集』第一〇巻)

天才的な頭脳と精神的な母親の重圧。自殺未遂もあった。後年になっても鬱に悩まされていた。留学中に日米戦争がはじまった。連邦捜査局(FBI)に無政府主義者と疑われて逮捕され、三カ月間監獄暮らし。一九四二年八月、交換船で帰国。並大抵の体験ではなかった。

拙著をお送りしてハガキをいただいた。「『北へ、ちいさな旅』ありがとう存じます。文章にふくらみがあり、楽しく読みました。書かれていることは重いのですが。文体として新しい境地を開かれたように思います。お元気で」(一九八七年五月一八日)

ひとを励ます、優しい文章だ。わたしは、編集していた『新日本文学』二〇〇三年九・一〇月号で、「アナキズムの精神」を特集した。大杉栄の甥《おい》・大杉豊やアナキストの江口幹《かん》などに執筆を依頼して、鶴見さんには巻頭言を書いていただいた。「国家がすべてだということをそのころの日本人は言っていた。それだけではないと、私は言いたかった。私がアナーキズムに託したのは、それだけのことだ。国家が絶対だと言う。そこのところをのみこめない」(「私のアナーキズム」)

いま、また国家が大きな顔をしはじめた。

小田 実

「人間みなチョボチョボや」

おだ・まこと
1932.6.2－2007.7.30（75歳）．大阪府生まれ．作家．著書『何でも見てやろう』『大地と星輝く天の子』ほか．

小田実さんの短編小説『「アボジ」を踏む』は、「人生の同行者」とよぶ画家の玄順恵《ヒョンスンヒエ》さんのアボジ（父親）が、韓国・済州島で亡くなったあと、家族で葬儀にでかける話である。土葬の済州島では、死者の魂が墓の穴から勝手に出歩かないように、親類縁者が総出で、遺体を埋めた土を踏み固める。小田さん本人も参加した土踏み作業が、明るく、愛情こめて書かれている。

この小説を読んで思い出したのは、弁護士だった父親の葬儀のとき、小田さんは国会議員が贈ってきた供花の名札を、さっさと撤去した逸話だ。べ平連の盟友・吉川勇一さんから聞いた。

目に一丁字《いってい じ》なき、在日の義父への細やかな心遣いと高名な衆院議員の売名行為への強烈な反発は、いかにも小田さんらしい。

大阪大空襲の写真を手に講演(2004.9, 大阪市)

二〇〇二年四月、小田さん、吉川さん、小中陽太郎さんなどの一八人に、わたしもまじって一週間ほど、ベトナムを訪問した。グエン・ティ・ビン副大統領との会見や、ホーチミン市人民委員会、戦争証跡博物館などさまざまの施設をまわった。

わたしはハノイ市の「ベトナム友好村」に保護されている障がいをもつ子どもたちが、米軍が空中から散布した枯れ葉剤の、三代にわたる被害者と知らされて愕然《がくぜん》とした。

大きな体でやや猪首《いくび》、エネルギッシュな体軀《たいく》を縮めるようにして、小田さんはすべての訪問先で団長あいさつをし、わたしたちはそれを神妙に聞いていた。「誰か代わってよ」とはけっしていいださない、その責任感というか、実直さにわたしは驚かされた。

べ平連は、ベトナムに侵攻、空爆しつづけた米軍にたいして抗議する市民運動だった。敗戦後の日本は平和憲法による思想・表現の自由、労働運動・女性の参政権の保障などによって、政治運動や労働運動が一挙にさかんになった。が、それは革新政党と労働組合との連合であって、「市民」がはいる余地はなかった。

六〇年日米安保改定反対闘争のなかでうまれた「声なき声」という、かぼそい声を、「ただの市民」という造語によって、大きく間口をひろげたのが、小田さんだった。「人間みなチョボチョボや」という、人間平等感だった。それは彼の家庭、親族からはじまり、世界中を股にかけて歩いた彼の、人種や肌の色を問わず、世界のひとびとすべてに「人間権」(『「難死」の思想』)があるとする強固な思想なのだ。

一九九五年一月。阪神・淡路大震災。兵庫県西宮市の集合住宅に住む小田さんの部屋でもテレビがすっ飛んだ、とラジオでの対談の席でうかがった。死者六〇〇〇人。

戦時中の大阪大空襲でも、チョボチョボ人間が大量死した現場にいた。

小田さんは即刻、神戸、芦屋に住む友人たちと、公助を求める被災市民の運動をはじめた。地域で集会をひらき、国会議員と会い、と獅子《しし》奮迅《ふんじん》の大活躍をはじめた。わたしも一度、呼ばれて芦屋の集会に話しにいった。帰り際に「鎌田君、ありがとう」とやわらかい関西なまりでいわれて、面食らった。ボランティアだったからか。

とはいえ彼自身が、ほとんどボランティア人生だった。その合間に小説や論文を書いていた。市民の発議による、「被災者生活再建支援法」が成立したのは、一九九八年五月。チョボチョボ人間の相互扶助。それは、永遠の真理である。

井上ひさし

「むずかしいことをやさしく、
やさしいことをふかく」

いのうえ・ひさし
1934.11.17－2010.4.9（75歳）．
山形県生まれ．小説家・劇作家．著書『手鎖心中』『吉里吉里人』ほか．

学生のときのわたしの夢は、日本の基幹産業といわれていた製鉄所と製鉄所が立地する地域の歴史を書くことだった。公害がひどかった北九州市の八幡製鉄（現・日本製鉄）をテーマに、『死に絶えた風景』（一九七一年）と題して出版した。福岡県八幡市（当時）の市歌は「焰《ほのお》炎々　波濤《はとう》を焦がし　煙濛々《もうもう》　天に漲《みなぎ》る　天下の壮観　我が製鉄所」というように勇ましいものだった。

岩手県三陸海岸の釜石製鉄所を描いた著書は『ガリバーの足跡』（一九八〇年）とした。

すでに製鉄所は衰退にむかっていた。釜石市の旅館に滞在していたとき、井上ひさしさんの母親が居酒屋をやっていた、と聞いて、なにか懐かしく思われた。製鉄所の圧延工場の長い塀に寄りかかるかの如《ごと》く、屋台のような酒場が軒を並べていたのだが、母親の店は港の方の、漁師相手の飲み屋街にあったようだ。

井上さんの『新釈 遠野物語』は、釜石港から北上高地の花巻市に登っていく途中、山深い村に息づいている、河童《かっぱ》や座敷童《ざしきわらし》などの奇譚を紹介した民俗学者・柳田国男の『遠野物語』に影響された作品である。そこには、母親の酒場の二階の三畳間に寝起きしながら「職安に日参」と書かれている。

個人情報保護法案廃案を訴える（中央．左は吉岡忍さん．2002.4）

山形県の米沢市に近い山間部に生まれ、宮城県仙台市のカトリック系の児童施設で成長。名門高校に進学したあと、神父のあっせんで上智大学へ入学したものの、まもなく学費切れで釜石の母親の許《もと》へ。国立病院の事務員になっていた。これらの転変のあとの、鬱屈の底からあふれでるユーモア。井上文学の特質である。

「世の中まだ希望があると一晩でも勇気づけられるようなものが好きです。つまり、書き手が、人間を信じているかどうかが、好き嫌いの分かれ道になる。そして、人を励ますのが、もの書きの大切な仕事だと信じているのですが、その意味でも鎌田さんのお仕事は大好きです」

初っぱなから褒められて対談がはじまった(「〈現場〉にこだわる、〈日本〉にこだわる」『世界』一九九二年二月号)。引用するのは手前みそのようだが、ひとの気をそらさない気遣いがふかい。「一晩でも」との抑制がはいっているのだが。この対談以来、井上さんは出版した小説、戯曲のすべてを送ってくださるようになった。二〇一〇年、七五歳の没後に発行された長編小説『一週間』、連作短編集『東慶寺花だより』までも。だから、この稿は一三年たってからの、遅れたお礼状のつもりである。

コメの減反、国鉄民営化、憲法九条。「戯作者《げさくしゃ》」と自己規定しながら、猛然と現実にむかい、書き、発言している。日本の文学者のパターンを超えた現実参加が、ひとびとに勇気を与えている、とわたしは、その対談で井上さんに返していた。

と、彼は「むずかしいことをやさしく、やさしいことをふかく、ふかいことをゆかいに、ゆかいなことをまじめに」との持論を歌うようにいって、「鎌田さんの作品のなかにはそれが完全にある」とまたもや褒めてくださったのだ。

一九八七年、故郷の山形県川西町に「遅筆堂文庫」を開館。後に劇場もある複合施設となり、所有の書籍二二万冊を収容。二〇〇八年、さらに山形市内に遅筆堂文庫山形館と劇場が建設された。

わたしも講演に呼ばれているのだが、図書館と劇場のある町での文化運動、それが井上さんの夢だった。「部外者」ではなく「当事者」たれ！　井上さんの口癖だった。

色川大吉

「車椅子生活になっても、夢ではよく△△の蹶起集会に参加しています」

いろかわ・だいきち
1925.7.23－2021.9.7（96歳）．千葉県生まれ．日本史家・民衆運動研究者．著書『明治精神史』『自由民権』ほか．

二〇二一年九月、歴史家の色川大吉さんが九六歳で他界した。その前日、ヌーベルバーグの代表作「勝手にしやがれ」の俳優・ジャン＝ポール・ベルモンドがパリで死去した。八八歳だった。それはたまたまの偶然でしかないのだが、ふたりの訃報が並んだ紙面を眺めながら、わたしは色川さんとベルモンドに共通する、自在な雰囲気を思い起こしていた。

色川さんは『明治精神史』などで知られる日本近代史の研究家だが、「民衆史」や

「自分史」を提唱して、ちいさな歴史の流れが、大きな歴史を形成している史実を立証した。一九九七年、日本の地下水ともいえる自費出版を顕彰する、日本自費出版文化賞を創設した。

「そういえば、鎌田さんと知り合ったのは、遠い昔ですね。真冬、闘争小屋で火をかこみ、凍え合っていたことを想い出します。あれ以来、何年経ったでしょうか。その果てに、こんどの『不知火海《しらぬいかい》』調査の報告があります。永い永い時間の果ての仕事で、皆さんの協力なしに出来なかったのです。泪《なみだ》が浮びます」(二〇一〇年一一月六日)

八ケ岳山麓の自宅で(2016.11)

亡くなる一〇カ月ほど前に頂いたハガキである。九〇代後半でなお細かい文字で、二〇〇字ほどが書き記されてある。「泪が浮かぶ」と表現されている、最後の著書は『不知火海民衆史』。上下あわせて六七二ページにおよぶ大著は、自費出版だった。

五〇年ほど前、ドイツ文学の明治大学教授で、テレビ番組「クイズダービー」で人気のあった、故鈴木武樹《たけじゅ》さんとの三人で、三里塚（成田）闘争現地の団結小屋のひとつを訪問して、ちいさな集会をした。「ノッポの武樹くんといっしょに、雨に打たれていたときの強烈な印象を未だに忘れられません。その頃の闘魂、車椅子生活になっても失ってはおりません。夢ではよく△△の蹶起《けっき》集会に参加しています」（二〇二一年二月一〇日）

敗戦を告げる昭和天皇の玉音放送を、色川さんは特攻艇の基地・三重海軍航空隊で聞いた。二〇歳だった。敗戦を受け入れられなかった年長の森崎少尉候補生は、海岸で自害した。敗戦の八月一五日と一九六〇年六月一五日までの日米安保反対闘争が、「私の思想史の原質」（『自分史 その理念と試み』）という。

秩父困民党、足尾鉱毒事件、不知火海漁民暴動、三里塚闘争。民衆の抵抗闘争を記録し続けた色川さんは、本人自身、ロシア革命の「ナロードニキ」運動に刺激されて栃木県の山村に入り、村の青年たちと芝居を制作、実演するなど、戦後の左翼運動の真っただ中にいた。その後もさまざまな運動と関わった、熱血的な現代史への参加者だった。

色川さんがパリの街をあざやかに駆け抜けた、「勝手にしやがれ」の主人公ミシェル（ベルモンド）の解放感を思わせたのは、運動のことばかりではない。九二歳すぎまで「フーテン老人」「フー老」を自称して、パタゴニア、チベット、トルファン、サマルカンド、タスマニアなど、世界の辺境を経巡《へめぐ》り、ダイビングしたり、野宿したり。結核で右肺切除ながら、積極的に人生を楽しんだひとだった。

戦時中、密命を受けてチベットに潜行、敗戦を知らないままにラサにたどり着いた西川一三《かずみ》は、戦後に『秘境西域八年の潜行』を書いた。西川と会った印象を「風雪に洗われた仙人のようであった」と『わたしの世界辺境周遊記』に書いた色川さんは、「人間最後まで一人で生きてゆく気概がなければ」とする彼の言葉が、「自戒」という。

灰谷健次郎

「教育を変える力は、教師にあるってことを自覚してほしいんやけど」

はいたに・けんじろう
1934.10.31－2006.11.23（72歳）.
兵庫県生まれ．作家．著書『兎の眼』『太陽の子』ほか．

寝ている頭のむこうが熱海（静岡県）の海だった。威勢のいい花火がはじける音が聞こえた。パーッと海のうえに降りそそぐ、星のかけらのような光の粉がみえた。「灰谷さん起きてください、花火ですよ」。だれかが我慢できなくなって声をかけた。それが布団を取り囲んで座っている、友人たちの気持ちを代弁していた。

その日の夜は熱海の恒例、海上花火大会だった。遺体は東海道新幹線・三島駅に近い、県立静岡がんセンターから運ばれてきた。独り身の灰谷健次郎さんが、熱海湾を望む丘の中腹に建てた、ついのすみか。一一月二三日、勤労感謝の日。豪華絢爛《ごうかけんらん》、数百発の号砲が、一四歳から働きつづけてきた、灰谷さんの七二年に喝采《かっさい》しているようだった。

ベトナムのメコンデルタの街で(1997.4)／撮影・石川文洋

底辺の子どもの世界を描いた『兎の眼』は二〇〇万部突破。次作の『太陽の子』も大ベストセラー。遺作となった『天の瞳』もよく売れた。親たちが子どものエネルギーを理解し、学ぶ。子どもたちも自分を認める。灰谷文学は子どもの世界の現実を理想郷のように描いた。本人自身が、神経症、睡眠薬中毒、自殺念慮を克服したすえの世界だった。

禅僧のようなスッキリした身のこなしがうらやましい、とわたしがいうと、灰谷さんは「ため込まへんもんな、重いものを」とつぶやいた。

若いときに、長兄の自殺があった。「ひとがつくったものはむなしい」ともいった。がんが転移するすこし前から、穏やかな、でもどこか突き放すような目が、鋭くなった。見舞いにいったとき、「八〇歳までは生きなくては」というと「ぼくもそう思うんやけど」と自信なさげに返した。

一九九七年、灰谷さんの出身地の神戸市で、中学生が小学生を殺害する事件が発生した。『週刊新潮』と写真週刊誌『フォーカス』が、少年法の保護規定を破って、容疑者の少年の顔写真を掲載した。

灰谷さんは、だれにも少年の権利を否定する権限はない、と新潮社に抗議し、『フォーカス』に抗議文を掲載させた。発刊準備が進められていたムック形式の、『灰谷健次郎まるごと一冊』の巻末にも同文が掲載された。それればかりか、そのあと、新潮社からすべての版権を引き上げた。

子どもたちに学び、子どもたちの可能性を書きつづけてきた彼にとって、「少年を売る」商業行為は許せなかった。版権引き上げは、約束されていた収入を放棄した、いわば無期限ストライキだった。

灰谷さんが渡嘉敷島《とかしき》に住んでいたとき、持ち船の漁船(三・五トン)で海にでるのに二日間つき合った。二日とも大漁だった。獲物を漁協に卸した。「ぼくは漁師で食えるんや」。その前、淡路島に住んでいたときは、農業で自給自足だった。きちょうめんで、とことんこだわる。フルマラソンにも何回か参加している。

いま、教育にたいする国の管理が強まっている。「教育を変える力は、教師にあるってことを自覚してほしいんやけど、そうは思ってないんやね」。それが灰谷さんの教員にたいする期待であり、批判だった。

「葬式、しのぶ会などはしないように」。一七年がたった。その遺言はいまも守られている。

小沢信男

「人は
生きていたときのように
死んでいる」

おざわ・のぶお
1927.6.5－2021.3.3（93歳）.
東京都生まれ．作家・俳人．
著書『東京骨灰紀行』『俳句世がたり』ほか．

小沢信男さんが八九歳で刊行した岩波新書『俳句世がたり』。月刊誌『みすず』に連載されていた、俳句や川柳を枕に、時代と人物を活写した七年分。その「おわりに」に、「よみじへもまた落伍して除夜の鐘」と書きつけた。小沢さんの作句である。

それからもなお黄泉《よみ》への道から逸脱した。連載がつづき、わたしは毎号まっ先に読んでは、ご健在を確認していた。が、いちど休載があったので、友人に消息をたずねると、肺炎で一カ月の入院とか。

幼少からの病弱、二〇歳前後は結核で学業中断、さらに七〇代で再発、九〇代で肺炎と命からがら連載に復帰。九九歳まで書きつづけた野上弥生子、瀬戸内寂聴などと肩を並べる、長寿作家となった。

わたしは最初の著書、夭折《ようせつ》した友人を描いた『わが忘れなば』から、画家の山下清の放浪を追った『裸の大将一代記』、関東大震災、東京大空襲、小塚原《こづかっぱら》の「仕置場《しおきば》」と遺体の記憶を掘り起こす『東京骨灰紀行』など愛読してきた。東京・銀座育ち。東京大空襲で焼け野原になった下町の光景、トラックで運ばれる焼死体、路傍で行き倒れた多くの遺体を目撃した。

幼少期に住んだ東京・銀座周辺で(2016.11)
／撮影・藤部明子

晩年になるにしたがって独自の口語体、急に破調して目を覚まさせる自在な文体になった。作家の黒川創は「いばらない文体」というのだが、エラそうにしない自戒があった。新日本文学会の会議などで、怒ったりしたあと、急に顔を天井にむけて、「あっははは」と破顔一笑、一挙に場の空気を変えた。小沢さん、気持ちが若かった。反原発集会にもよく参加された。

福島原発事故のあと、こう書いている。「やがて『さようなら原発一〇〇〇万人アクション』の運動がおこり、呼びかけ人のなかに、畏友の鎌田慧もいる。これに微力参加ときめて、脱原発の署名集めと、デモにでる」(『暗き世に爆《は》ぜ』)

一一歳下なのに気を遣ってくださった。拙著『叛逆老人は死なず』を紹介して、「これがいきなり、国会包囲デモへむかう人々の姿から書き起こされているのですよ。地下鉄駅から『まわりを同年代の男女が歩いていく』その老人たちの明るさ頼もしさ」「つまり若者が不足。それは分裂抗争に自滅して次へつなぎそこねた先行世代の責任もあろうが、嘆いてもはじまらぬ。やがての期待をこめて叛逆老人たちは今日もゆく」

四十数年前、七、八人の「作家集団」で、北朝鮮を訪問したことがあった。小沢さんはその準備として、ハングルを勉強していて、その熱意に驚かされた。

「いまさら気づけば、おおかたがもはや死者ではないのか——つまり私は、おおかたあの世の人たちと共に生きている。後期高齢者に通例のことか。その大量の想念を想えば、この地球上には、あの世が霞《かすみ》のようにたなびいている。正直そんな感じです」

小沢さんは「人は生きていたときのように死んでいる」という。没後もいままでの人間関係は生きている。詩人の菅原克己《すがわらかつみ》は七七歳で他界した。が、小沢さんを中心に集まった「げんげ忌」は、没後三五年、いまなおつづいている。

突如として『みすず』の連載中断。以下の俳句を引用した最終回を書いて、世を去った。

あっ彼は此の世に居ないんだった葉ざくら　　池田澄子

やなせたかし

「正義というのは信じがたい。簡単に逆転するんですよ」

やなせたかし
1919.2.6 – 2013.10.13（94 歳）.
東京都生まれ，高知県に育つ.
漫画家．作品に「アンパンマン」シリーズなど.

幼児むけアニメ番組「それいけ！ アンパンマン」は、一五〇〇回（関東地区）を超えた。作者のやなせたかしさんが九四歳で亡くなって一〇年近くなるが、いまでも毎週、テレビからテーマソングが流れてくる。

なんのために生まれて
なにをして生きるのか
こたえられないなんて

そんなのはいやだ！

哲学的だが、幼児たちは、まるっこい、赤い飛行服姿のアンパンマンが、しょくぱんまんやカレーパンマン、いたずら好きのばいきんまんなどと縦横無尽《じゅうおうむじん》に動きまわるのを、目を見張って見つめている。

東京・市谷のやなせスタジオで(1998.6)

アンパンマンのテレビ放送が一九八八年一〇月からはじまり、ブームになったのは、やなせさん六九歳のときだった。

わたしはこう聞いた。老人たちにも激励を与えていますね。

「ぼくがいちばん困っているのはそこです。アンパンマンについての取材は多いのですが、老人問題の質問が多いのです」

幼児番組が老人を励ます不思議。東京・市谷のマンション六階の「やなせスタジオ」に事務員の姿はなかったが、応接セットにはさまざまな縫いぐるみが座っていて、にぎやかだった。番組開始から二、三年で、キャラクターグッズの売り上げは、四五〇億円になっていた。

わたしが知っているやなせさんの作品は、『週刊朝日』に連載された「ボオ氏」だった。せりふのない四コマ漫画で、山高帽を目深に被った主人公に、孤独な哀愁が漂っていた。すでに名を知られた漫画家だったが、自分にむけた挑戦。四八歳で『週刊朝日』の「懸賞漫画」に「ボオ氏」で応募、一等入選して話題になった。

お会いしたご本人はどこか達観したボオ氏のような人物で、ひらがなの名前が似合うやわらかな人柄だった。アメリカの空飛ぶスーパーマンは、怪獣と戦ったり、化学兵器を使ったり、ビルを破壊したり、大げさだ、とうんざりした口調なのだ。

アンパンマンは行き倒れしそうなひとに自分の頭をちぎって差し出す。困っているひとを助ける愛とちいさな勇気が、アンパンマンのテーマだ。

「正義というのは信じがたい。簡単に逆転するんですよ」

やなせさんは戦時中の政府のスローガン、日本人・朝鮮族・漢族・満州族・蒙古族の「五族協和」を信じていた。召集され砲兵隊の一員として中国を行軍していて、いきなり撃たれたのに驚愕した。「キミたちを助けにきたのに」

中国の民衆はニコニコして「日本万歳」をやっていた。ところが実際は悪魔のような日本兵だと思っていたのだ。敗戦になって、戦争教育漬けになっていた士官学校出身の将校たちは途方に暮れた。「正義の戦争」は崩壊した。

二人兄弟の弟は、特攻隊で戦死した。かえってきた遺骨入れのつぼに入っていたのは、一枚の木の名札だけだった。正義感で排除したり、殺し合ったり。戦場で、美しい正義のうそを知らされた。

アンパンマンのテーマソングは、「そうだ　おそれないで　みんなのために」とつづく。この世の中、助け合わないと生きていけない。幼児からはじまる大切な教育だ。

むのたけじ

「死ぬ時、
そこが人生のてっぺんだ」

むのたけじ
1915.1.2－2016.8.21（101 歳）.
秋田県生まれ．ジャーナリスト．著書『たいまつ十六年』『希望は絶望のど真ん中に』ほか.

「一〇〇歳すぎて、これだけ骨があるひとは珍しい」と火葬場の職員が、遺骨を骨つぼに入れながら説明した。つぼのふたが盛り上がっている。手をあわせて冥福を祈りながら、わたしは「硬骨」という言葉を反芻《はんすう》していた。大地を踏みしめてきた野人の強靱《きょうじん》さだ。

二〇一六年八月二三日。さいたま市の火葬場で、ご家族と知人が、一〇一歳で亡くなったむのたけじさんのお骨をひろった。その三カ月ほど前、東京・有明《ありあけ》の防災公園でひらかれた「5・3憲法集会」のメインゲストを、わたしはむのさんにお願いした。車椅子で登壇したむのさんは、約五万の聴衆にむかって語りかけた。

「今日の集まりは戦争を絶滅する、その目的を実現する力をつくる集会です」

メモなし。エキサイトしてくると、右手に握ったマイクを口から離して振りまわす。マイクがなくても会場に届くような大音声だった。

5・3憲法集会で発言(2016.5, 東京・有明)

「この憲法九条こそ、人類に希望をもたらす。わたしたち古い日本人は、そういう受け止めかたをしました。そして七〇年間、国民の誰をも戦死させず、他国民の誰をも戦死させなかった。道はまちがっていない」

「この理想が通るかどうか。

それはこの会場の光景が物語っています。若いエネルギーが燃え上がっているではありませんか。いたるところで女性が立ち上がっているではありませんか（大拍手）」

一〇分間。体内から発する熱弁だった。わたしは息子の大策《だいさく》さんが車椅子を押して帰るのを、会場の外まで見送った。その六日後、肺炎を起こして入院。意識が混濁したが、二カ月の入院で生還を果たした。が、衰えつづけ、八月二一日、かすかに笑って呼吸を止めた。

「しめっぽい死はいやだな　笑いながら死にたい」と色紙に書いていた。

二〇〇二年一〇月に出版された拙著『反骨のジャーナリスト』で、横山源之助、宮《みや》武外骨《たけがいこつ》、桐生悠々《きりゅうゆうゆう》、鈴木東民《とうみん》など一〇人のジャーナリストを紹介した。そのなかで、むのさんだけが生存者だった。だから、「死んだと思われていた」とむのさんは冗談ぽく語っていたという。このとき八七歳。郷里の秋田県横手市で発刊していた地域紙『たいまつ』は二〇年ほど前に休刊していた。妻美江さんを介護（二〇〇五年、他界）する日々だった。

真珠湾奇襲攻撃の前、日本軍はベトナムに侵攻、そこから東南アジア諸国へ戦線を広げていった。二〇代のむのさんは朝日新聞の従軍記者として、侵略戦争のまっただ中にいた。天皇の敗戦放送の三日前、ポツダム宣言受諾の情報は入っていた。社会部の部会でこれからどうするか議論になった。

しかし、戦争協力への反省も、あらたな出発の気概もなかった。おなじ建物で、おなじ輪転機で、そのままあたらしい時代の新聞をつくれるのか。三〇歳。家庭があった。それでもひとり退社した。

故郷に帰って、戦後日本を照らし出す『たいまつ』を三〇年発刊しつづけた。決断と持続。やり抜いた果ての一〇〇歳になって、「辞めたのは、短慮でもあった」との反省がないではない。辞めて闘う、残って闘う。その双方を認める老成だった。

「死ぬ時、そこが人生のてっぺんだ」。八八歳、隣町の湯沢で「平和塾」をひらき、乞《こ》われた色紙に書いていた。それから他界するまで、まだ奮闘の人生だった。

II

佐多稲子

「そして私たちは歌い出した、
私たちの闘いの歌を」

さた・いねこ
1904.6.1－1998.10.12（94歳）．
長崎県生まれ．作家．著書
『キャラメル工場から』『私の東京地図』ほか．

ときどき、書棚から佐多稲子さんの『私の東京地図』と『時に佇《た》つ』とを交互に引きだして、ひろい読みする。一一歳のとき長崎から一家を挙げて上京、小学五年に転入したがまもなく通学をやめ、年齢を偽ってキャラメル工場ではたらく。そこからはじまる人生の転変が、庶民の生活の辛酸が、それでも揺るがない人間的な信頼感が、映像的な描写と巧みな会話で記録されている。それが爽やかな気持ちにさせる。

佐多さんの小説を読むようになったのは、わたし自身、高卒後、青森から上京して町工場ではたらいていた影響が強い。『キャラメル工場から』『女店員とストライキ』『煙草工女』など、自己体験と取材によって、佐多さんは女性労働者の仕事と生活と決意とを矢継ぎばやに書いた。

日米安保改定阻止の国会要請(手前左から2人目.
声明を読むのは俳優の北林谷栄さん. 1959.12)

「そして私たちは歌い出した、私たちの闘いの歌を／歌は雨戸の隙間をもれ／ごうごうと吹きまくる戸外の風にのり／夜更けの空をさっそうと走って行く」

二六歳、女性労働者の秘密集会の詩である。そのころの佐多さんの表情を、詩人の室生犀星《むろうさいせい》は「さっぱりと何時も水で洗ったやうな顔をしてゐる」と表現し、「俠客風《きょうかくふう》」とも書いている。いくつかの断念のあとだったのであろう。

東京の都電は撤去、都バスの車掌一七六〇人も一掃してワンマンカーにする、都の合理化案がだされたのは、一九六六年一二月だった。わたしはその問題を佐多さんが幹事をされていた『新日本文学』に発表した。車掌には地方から集団就職で上京したひとたちが多かった。まだ一〇代の女性労働者たちの希望と絶望を聞き取って書いた。

ところが、名字だけとはいえ実名にしたので、登場した三人の車掌が解雇されるのではないか、と不安になって、わたしの取材に協力した友人に相談した。それで友人と一緒に、掲載誌を発行する新日本文学会の幹事会に出席して、策を考えてもらうことになった。

東中野駅・東口から石段を降りて南方向、新宿へむかうと、古ぼけた木造二階屋の新日本文学会の事務所があった。そのすこし先に、教育運動家の国分一太郎《こくぶんいちたろう》さんのお宅、そしてさらにすすむと、佐多さんのお宅があった。

幹事会がはじまる前に、わたしと友人とが都電合理化についてすこし話して、解雇がでるほど状況は緊迫していない、と報告した。佐多さんは四角に並べたテーブルの正面左端に座っていた。和服の右たもとに、優雅に曲げた右手をいれて、器用にたばこを一本取りだし、ライターをつけた。目の前のたおやかなしぐさを、わたしは芝居のシーンのように眺めていた。

「もしも彼女たちになにかあったら、なんとかしましょうよ」

と佐多さんがこともなげにいった。それで用件はすんだ。「なんとか面倒みよう」という引き受け方だった。

一九五五年に発刊された『機械のなかの青春』は、紡績工場の女性労働者たちを描いた作品だ。それまでに近江絹糸《おうみけんし》の有名な労働争議もふくめて、紡織各社の人員整理やストライキが盛んだった。この作品でも「私ら、いつだって、ストに入る覚悟、持ってるよ」と少女にいわせている。

わたしは、それに刺激されて、電機工場の密集地帯・川崎市で女性労働者の取材をつづけ、自分の体験と重ねあわせて、労働現場の運動を書くことに専念するようになった。

花田清輝

「君は書けないんですか」

はなだ・きよてる
1909.3.29－1974.9.23（65 歳）．
福岡県生まれ．作家・評論家．
著書『復興期の精神』『アヴァンギャルド芸術』ほか．

今回は作家の花田清輝を書こうと思いたった。年表をしらべて愕然とした。一九七四年九月没、六五歳。もう五〇年近くたっていたのだ。東京都文京区の小石川植物園近くのお宅を出棺するとき、道路端にたって遠ざかるクルマを見送った。なんどか訪問したお宅だった。

花田清輝は芸術運動のひとだった。『アヴァンギャルド芸術』『さちゅりこん』『政治的動物について』。らせん状に昇って行く文体に若者たちは魅了された。彼のよくいう「対立物を対立のまま統一する」「前近代を否定的媒介に」など弁証法的な言語が、まるで仲間うちの合言葉のようになった。

アンダーラインをひいて熟読していると、「そんなことはどうでもいいのだが」と著者はうっちゃりをかけて、これまでの展開を否定し、あらたな論述をはじめる。躍動的な文体が熱烈なファンをつくった。花田清輝、岡本太郎、安部公房、長谷川四郎、野間宏、大西巨人、埴谷《はにや》雄《ゆ》高《たか》。五〇年代末から六〇年代に活躍していた「記録芸術の会」の仕事に影響されて、わたしたちも「綜合芸術の会」を結成、六三年暮れ、花田さんを早稲田の喫茶店にお呼びして、討論会をひらいた。

自宅でくつろぐ(1958年頃)／遺族提供

わたしは学内の生協機関紙の編集アルバイトをしていた。その商品広告だらけの紙面でも、二度ほど花田さんから原稿をもらっていた。一回目は「新入生の眼のうろこを落とすようなものを書いてください」とお願いして、原稿用紙三枚ほどの「言論の力」。六〇年安保闘争あとの言論闘争の重要性が指摘されていた。二回目は七枚ほどの「シラノの晩餐」だった。原稿用紙の升目いっぱいに、太い万年筆の文字が躍動していた。

討論会の日、家にクルマのあった学生に運転してもらって、お宅へ迎えにいった。玄関先にでてきた奥さんは、心配そうな表情で「心臓の発作が起きて、今日は外には出られない」と遠慮がちにいった。と、その後ろから押しのけるように、花田さんがでてきた。

靴を履くためにかがみこみながら、「死んだっていいさ」と冗談のようにいったのだった。喫茶店についてから、花田さんはポケットからおかねをとりだして、「救心」を買ってきてほしいといった。

べつの日。玄関脇のちいさな応接間で、話はたまたま魯迅《ろじん》の『故事新編』におよんだ。花田さんは弓を引くポーズをとって、この中の「奔月《ほんげつ》」が好きだ、といった。「月はグラッとゆれ、いまにも落ちて来そうに見えた」と魯迅は書いている。精神主義だが、シュールリアリズムを通過したドキュメンタリー、それも花田理論だった。

大学を卒業して、編集者になっていたころ、京橋の東京国立近代美術館のフィルムセンターで、プドフキンの「アジアの嵐」が上映された。友人の伊藤博と観にいくと花田さんがいた。東京中の都電が撤去されそうになっていた。労働組合は反対しなかった。その問題をどなたかに書いていただけませんか、とたのんだ。と、「君は書けないんですか」と大きな目を挑発的に光らせた。それで書くことにした。

ルポルタージュ「首切りと統制処分——都電合理化問題をめぐって」が『新日本文学』一九六七年三月号に掲載された。その続編を二本ほど書いて、わたしは花田さんに原稿を書いてもらう間もなく、編集者をやめて、フリーライターになった。

今村昌平

「映画づくりは狂気の旅」

いまむら・しょうへい
1926.9.15－2006.5.30（79歳）.
東京都生まれ. 映画監督. 作品に「豚と軍艦」「にっぽん昆虫記」ほか.

坂口安吾の小説『肝臓先生』は、戦時中、日本列島で猖獗《しょうけつ》を極めた「流行性肝臓炎」と闘った、開業医の記録である。「日本全土を侵略しつつある」という肝臓肥大症が「戦争肥大症」の隠喩なのかどうか。

今村昌平監督が映画化した「カンゾー先生」は、瀬戸内の海辺の坂道を疾駆《しっく》する、医者のロングショットからはじまる。黒の診療かばんを片手に全速力、韋駄天《いだてん》「足の医者」がテーマである。最初の構想では主役を、三國連太郎《みくにれんたろう》さんにするつもりだった。

が、「片足折れなば片足にて走らん、両足折れなば手にて走らん」とある、原作の肝臓先生の敢闘精神を体現するには、すでに高齢。それで二五歳下の柄本明《えもとあきら》さんを起用した、と監督はわたしに漏らした。

「カンゾー先生」出演者とカンヌ国際映画祭で(中央．左は麻生久美子さん，右は柄本明さん．1998.5)／AP＝共同

この映画のハイライトは、東京都千代田区の学士会館で開催された、恩師の謝恩会である。功なり名を遂げた一高、東大同門の名士たちをまえにして、カンゾー先生があいさつする。伝染性「肝臓病」について報告して、満場の拍手を受ける、ながいシーンである。それは開業医に徹した生涯を送った、監督の父親へのオマージュでもあった。いま、コロナウイルスと命がけで闘う医療従事者のことを思えば、それくらいの顕彰ではまだたりないほどである。

米軍基地の街・横須賀のチンピラを描いた「豚と軍艦」(一九六一年)以来、わたしは今村ファンになった。「神々の深き欲望」(一九六八年)は、「パラジ」の題名で、その前に俳優小劇場で上演された。その舞台でなんどか繰り返される「パラジは助けあって生きるんじゃ」のせりふは、日本人が支配されている家族、血族、同郷意識への呪詛でもあった。

沖縄・先島《さきしま》の離島出身者たちが、東京のプレス工場で、労使一体化したちいさな共同体(同郷、血族)で暮らす葛藤が描かれていた。それは、わたしがよく知っている、津軽の中学の同級生たちが暮らしていた、東京・下町のプレス工場の屋根裏部屋とあまりにもそっくりだった。わたしは、今村監督の調査力と表現力に、目をむくほど驚かされた。

晩年、監督は小田急線の代々木上原駅のガード下、うなぎの寝床のような事務所に、大きな机を構えて座っていた。頭のうえをゴトゴト電車が通りすぎる音がしていた。

そのころ、サインをもとめられると、彼は「狂気の旅」と書いていた。

「狂気の旅では、家族がこまりますね」とわたしは聞いた。「こまりますね。めちゃくちゃですからね」と監督。連れ合いの昭子さんがそばに座っていたが、和やかに聞いていた。

九八年一〇月。今村夫妻は韓国の釜山国際映画祭にでかけた。わたしも雑誌の取材であとを追った。

映画祭の最終日。野外劇場に四〇〇〇人が集まっていた。招待作品「カンゾー先生」が上映された。今村さんは韓国語であいさつをした。戦前、東京・山手線の大塚駅前にあった、今村耳鼻咽喉科医院は、門下生として朝鮮半島出身の学生を受け入れていた。父親の温情だった。

わたしは昭子さんの隣に座っていた。舞台を降りて、つえを軽くついた監督がこっちにむかってきたとき、彼女は立ち上がって拍手で迎えた。夫の長い奮闘をたたえているかのようだった。

ホテルに帰ってから取材のつづき。「きみも、しつっこいね」。柔らかな眼差しだった。「今村さんほどではありませんよ」とわたしは返した。八年後、他界した。

新藤兼人

「スターも
バイプレーヤーもありません。
そこでいかに生きるかのために、
日常があるんですから」

しんどう・かねと
1912.4.22－2012.5.29（100歳）.
広島県生まれ．映画監督・脚本家．作品に「原爆の子」「裸の島」ほか．

一〇〇歳で他界した映画監督・新藤兼人さん。九八歳のとき、最後の映画「一枚のハガキ」を撮った。

「今日はお祭りですが　あなたがいらっしゃらないので　何の風情もありません」。中年兵たちが召集された兵舎の二段ベッド、上段の戦友に届いた、山村で留守を守る妻からのハガキだった。

広島県・呉《くれ》の海軍兵舎での新藤二等兵の体験だ。戦友たちはくじ引きに敗れて、フィリピンにむかう途上、米軍潜水艦に攻撃されて沈没した。「ぼくがハガキを読んだことを妻に伝えてくれ」と頼まれたとは、フィクションのようだ。主人公・啓太は一枚のハガキを手にして、敗戦直後の農村へでかける。戦争に翻弄された家族を描く、セミ・ドキュメンタリー。孫が押す車椅子で監督した。

「一枚のハガキ」ロケ現場で（左．右から２人目が豊川悦司さん，右端は六平直政さん．2010.6，群馬県富岡市）

ラストシーンは麦畑の向こうを、てんびん棒を担いだ夫婦（豊川悦司と大竹しのぶ）が歩いていく。水を入れた木おけの重さでてんびん棒がしなる。そのしなるてんびん棒の無限の繰り返しをアップで映しだして、人間の労働と希望を描いたのが、一九六〇年の監督作品「裸の島」だった。

学生のときに観た、せりふのまったくない、無言で働きつづける夫婦（殿山泰司《とのやまたいじ》と乙羽《おとわ》信子《のぶこ》）の労働を、詩のようにうたいあげた新藤作品に、圧倒された。

「裸の島」から三二年がたって、テレビドラマ「新藤兼人が読む断腸亭日乗」を撮る新藤さんを取材するため、わたしは岡山県勝山町（現・真庭市）にいた。鳥取県との県境に近い、山峡の城下町である。

長い木橋の上をふたりの男が並んで歩いていく。空襲を逃れてきた浴衣姿の谷崎潤一郎を、かばんと風呂敷包みを振り分けにした、よれよれの背広姿の永井荷風（佐藤慶）が見舞いに来た。荷風の『濹東綺譚』の映画化が評判になって、八〇歳の新藤監督、余勢をかって、こんどは荷風日記による、敗戦時のテレビ化だった。

神奈川県鎌倉市大船、松竹撮影所。スタジオで新藤さんはげた履き。首にタオルを巻いて鋭い表情。取っ付きの悪い宮大工、という風貌だが、対話のときの目は優しい。

設定は、岡山の荷風寓居。ちゃぶ台の鶏鍋《とりなべ》を突っついていた荷風と友人夫妻、やおら立ち上がって万歳三唱。「休戦の祝宴を張り皆々酔うて寝に就きぬ」（『断腸亭日乗』）。

一九四五年八月一五日。休戦とあるが実は敗戦。ぶどう酒で乾杯とは豪毅だった。

東京・赤坂。旧式の３ＤＫマンションの一室。ちいさなソファに、妻の乙羽信子さんとふたりでちょこんと座っている。一〇月だったが、新藤さんは素足である。

「もとが元気なもんですから、歳を忘れてしまって、心配しています。でも、あたしのほうが駄目になりそう」。一二歳下の乙羽さんは、このとき六八歳。肝臓がん発見はその九カ月あとだから、病気の意識はなかったようだ。一九九四年一二月、死去。

「スタジオでは斬るか斬られるかだ。まずい監督やまずい俳優は許されない。対の関係で、スターもバイプレーヤーもありません。そこでいかに生きるかのために、日常があるんですから」

九〇過ぎても、かみつくような面構えだった。

「自分の仕事にたいしては、二重にも三重にも屈折して考えるようにしていますから、日常のことは単純にいきたいと思う」

質素、果断。老成などには縁がなかった。見習うべし。

左　幸子

「鉄道労働者は国の宝」

ひだり・さちこ
1930.6.29－2001.11.7（71 歳）．富山県生まれ．俳優．出演作品に「にっぽん昆虫記」「飢餓海峡」ほか．

水上勉の小説を、内田吐夢《とむ》監督が映画化した「飢餓海峡」（一九六五年）は、封切りされた当時、一度観ただけだが、ザラザラした硬質の暗いトーンのさまざまなシーンが、いまなお記憶に残っている、不思議な映画である。

一九五四年九月、台風で沈没した青函連絡船「洞爺《とうや》丸」の犠牲者一一三九人、その実際の事件に、殺人事件の二人の遺体を付け足したフィクションである。

この時代をひたむきに生きた娼婦・杉戸八重を演じたのが左幸子だった。相手役の犬養と名乗る殺人犯を三國連太郎、脇役を高倉健、伴淳三郎《ばんじゅんざぶろう》、加藤嘉《よし》などの名優が固めていた。

津軽海峡に面した下北半島の森林のなかを、網の目のように走っていた無蓋《むがい》の森林軌道車の上で、八重が初めて出会った犬養に、にぎり飯を与えるシーンだけが明るい。戦後映画の代表的な作品だった。

「シナリオを何百回読み込んだか……わたしの体から出た言葉にならないと、（せりふは）生きてこないと思う」。ヒロインの八重を演じた左さんの言葉である。

東京都品川区の自宅で（1999.4）

その映画の二年前に主演した「にっぽん昆虫記」（今村昌平監督）でも、昆虫のように地べたを這って生きる、庶民的なバイタリティーあふるる女性の存在感が光っていた。

おなじ年に主演した、夫・羽仁進監

督の「彼女と彼」では、都会的な大型団地で暮らす妻が、ベッドの横の壁を軽くたたくシーンに、自己の存在を確かめようとする思いが強くこめられていた。その頃はまだ離婚する気配はまったくなかった。

いくつかの主演女優賞を受けながらも、派手さよりも知的な雰囲気を感じさせられたのは、国鉄労働組合(国労)の集会でお会いするようになってからだ。

夫の父親・歴史家の羽仁五郎から食卓で講義を受けた、と聞いた。勉強家で、発言は鋭く、政治問題に関心が強かった。彼女が監督し、主演した映画「遠い一本の道」(一九七七年)で、保線労働者の家族の姿を通して、国鉄当局の圧迫に抵抗する労働者の連帯を描いた。

一九八二年に成立した中曽根康弘内閣は、やがて「戦後政治の総決算」を主張、「国鉄の分割・民営化」を強行する。九〇年、JR東日本などの新会社に採用されなかった、一〇四七人の国労組合員が解雇された。その人たちの復職をもとめる市民運動がはじまった。「国鉄職員のひとりも路頭に迷わせない」「所属労組による差別はしない」との公約への違反だった。

「JRに人権を」とのアピールを、わたしたちは、一九九五年五月三日、『朝日新聞』に全面広告でだした。作家、評論家、俳優などの賛同者を集めての、戦後五〇年目の憲法記念日の訴えだった。左さんも協力した。「鉄道労働者は国の宝」というのが、左さんの持論だった。

品川区上大崎のお宅へ、友人たちと二度ほど招待されたことがある。案内されたのは邸宅内半地下の大広間だった。テーブルのガス台の上に大きな鍋がかかっていて、左さんが思い切りよく、日本酒を一升瓶まるごとゴボゴボと注ぎこんだ。そこへさまざまな魚や貝を放り込む、故郷富山の豪勢な漁師料理だった。

あるとき、わたしは、なにかのコラムに「左幸子」の時代は終わった、と書いた。それは左さん個人のことではなく、「左」が幸せの時代が去って、不幸な時代になった、との冗談です、と弁明した。

左さんは「そうね」と曖昧に答えた。個人の名前を軽々しくあつかう自分が、浅はかだった。いまも、申し訳なかった、との苦い悔恨がある。

寺山修司

「私は、私自身の原因である」

てらやま・しゅうじ
1935.12.10－1983.5.4（47歳）.
青森県生まれ．歌人・劇作家．
著書『田園に死す』『書を捨てよ、町へ出よう』ほか．

どうして、寺山修司さんが自宅の中を案内してみせたのか、いまだに不思議である。二階のガランとした、書斎らしい部屋の真ん中に大きな革張り、回転式の肘掛け椅子がひとつだけあって、まるで無人の舞台のようだった。まだ引っ越してきたばかりだったのだろうか。台所や風呂場まで見せられたが、妻の九條映子さんは不在だった。

東京都世田谷区下馬《しもうま》。東横線に乗って原稿を取りにいった。一九六七年の春だった。寺山さん三一歳、ちいさな雑誌の編集者になっていたわたしは、二八歳だった。ソ連の詩人、エフトゥシェンコが三〇歳で書いた『早すぎる自叙伝』が、日本でも評判になっていた。おなじ年頃の詩人・寺山さんにも書いてもらおうと考えた。予想どおり彼は快諾した。その連載第一回の原稿を受け取りにいったのだ。

映画「ボクサー」の監督として菅原文太さん(右)と(1977.7)

寺山宅を辞去して電車のシートに座り、封筒から四〇〇〇字詰め原稿用紙を取りだした。「誰か故郷を想はざる」。それがタイトルだった。「自叙伝らしくなく」とサブタイトルにある。『早すぎる自叙伝』への対抗意識だ。署名の修司の「司」の最後の一画の異常な長さに、気負いが示されている。

「今も私に忘れられないのはある夜、拳銃掃除を終わった父の銃口が、まるで冗談のように神棚に向けられたまま動かなくなったことだった。びっくりした母が、真青になってその手から拳銃を奪いとって『あなた、なにするの』とふるえ声で言った。神棚には天皇陛下の写真が飾られてあったのである」

わたしは声をたてて笑った。神棚に拳銃！　父親の八郎さんは特高刑事だった。さすがに天皇に拳銃はむけなかったであろう。が、でも、と考えたりする。それは戦時中の話で、その後、出征した父は、セレベス島で戦病死した。

誰か故郷を想はざる、は反語である。西條八十《さいじょうやそ》作詞、古賀政男作曲。戦場の兵士たちの涙を誘った。この望郷の歌詞を自伝のタイトルにした彼の文章は、出自を韜晦《とうかい》した記述からはじまった。

一九八三年、寺山さんが四七歳で他界したあと、母親のはつさんが出版した回想記『母の螢』で、はじめて彼が青森県弘前《ひろさき》市生まれ、と明らかにされた。母親は戦後、三沢、芦屋（福岡県）、立川、府中と米空軍基地周辺を転々として暮らしていた。少年時代の息子と暮らすことはなかった。

寺山修司は日常生活をフィクション化、超現実の世界を構成し、日本的な自然主義とまったく異質のものをつくりだした。母親からはなれて暮らしていた、長い孤独の時間。少年は俳句や短歌を無数につくりだして、こころを支えていた。

父親も母親も不在。家庭は見事に崩壊していた。下馬の家の一階から二階まで、案内したのは郷党の後輩に、平凡な家庭をただ見せてみたかっただけなのかもしれない。それはなんの虚飾もない自然体だった。

一九六八年一〇月。連続射殺事件の永山則夫が出現した。おなじ津軽から上京した中卒「金の卵」の悲劇だった。が、寺山さんは、家庭や母親や社会からの「犠牲者」としての自己にこだわることなく、「私は、私自身の原因である」と言い切れるものだけが自由を得る、と批判した。

寺山と永山。二人はいじめやネグレクトの長いトンネルを通過しながら、まったく別個に進んだ。獄中の永山もまた表現者となったが、寺山修司は四人も殺害した永山の作品集、『無知の涙』を認めなかった。

水上　勉

「みんな、
ハガキをやりとりし、
足で歩いて
つきあっていたのですね」

みずかみ・つとむ
1919.3.8－2004.9.8（85歳）.
福井県生まれ．作家．著書『飢餓海峡』『はなれ瞽女おりん』ほか．

親子、兄弟でさえ会えなくなった。そればかりか、入院でもされたら、死に目にさえあえなかったりする。新型コロナウイルスの恐怖だ。ＩＴ時代、ズームとかラインとか、会わずとも交流できるようになった。

しかし、昔はハガキ一本送っておいて、げた履きで友人の下宿へ出かけ、話し込んだ。電話さえなかった。不在なら相手が帰ってくるまで、勝手に上がり込んで待っていた。若者たちには濃密な人間関係があった。

「先《ま》ず、本のお礼を申します。只今、読み終わりました」と書き出された手紙を頂いた。「私小説の神様」といわれた、葛西善蔵《かさいぜんぞう》の伝記『椎の若葉に光あれ』をお送りしたことへの礼状である。水上勉さんが若い頃に師事していた宇野浩二の思い出が書かれてあった。

制作した書画や陶器の展示会場で(1999.11, 京都市)

水上さんと最初にお会いしたのは、児童文学作家の灰谷健次郎さんに連れられて行った、銀座のバーだった。報道カメラマンの石川文洋《ぶんよう》さんも一緒だった。

わたしが葛西善蔵の伝記を書いた、というのを聞いて、水上さんはやや紅潮した表情で、懐かしそうに、「白根山雲の海原夕焼けて妻し思へば胸いたむなり」「秋ぐみの紅きを噛めば酸く渋くタネあるもかなしおせいもかなし」と、葛西の小説『湖畔手記』に登場する、二首の短歌をそらんじた。

一九九四年、水上さんは七五歳だった。愛読した小説に出てくる短歌を、胸に刻んでいる文学青年を目の当たりにしたようで、わたしは感動した。

水上さんの手紙は「いいかげんなことを云ったのではないかと悔いています。少し、酒を呑みすぎていたので、失礼しました。そのことを先ず、あやまります」とつづき、四〇〇字詰め原稿用紙三枚、拙著への感想が書かれ、「二伸」として、冒頭に掲げた「足で歩いてつきあっていた」をふくんだ二枚が、追記されてあった。

初対面、それも一九歳下の筆者にたいするこの丁寧さは、超多忙の人気作家を思えばありえないことだった。福井県若狭《わかさ》地方の貧困家庭に生まれ、一〇歳から口減らしのため京都の禅寺の小僧。厳しい修行から逃げだして零細な仕事を転々とした。さらに重度身障者の娘を抱えた過酷な生活体験。それが優しさをつくりだしたのだろうか。

それから六年後の二〇〇〇年六月、わたしは太宰治の伝記『津軽・斜陽の家』を上梓した。そのとき、厚かましくも帯文をお願いした。「故郷に近づく運命」とのタイトルで、五三〇字もあった。「太宰の精神の根もとをさぐりあてた大仕事」を、帯の惹句《じゃっく》に使わせていただいた。

お礼の手紙をだすと、乱れた筆跡で「一過性脳梗塞と斗《たたか》って只今入院中です」とのハガキがきた。自宅のある長野県北御牧《きたみまき》村(現・東御《とうみ》市)ではなく、同県丸子町(現・上田市)鹿教湯《かけゆ》温泉病院三〇七号室から。そこにも「善蔵、太宰は津軽文学の土壌を感じさせます。それから今官一《こんかんいち》も」との温かい読後感があった。

水上さんの初期の作品、水俣病を題材にした『海の牙』、そして『飢餓海峡』。五〇代後半の『寺泊』『金閣炎上』など、苛烈な環境のなかで身を寄せ合って生きるひとびとへの視線は、優しく鋭い。心筋梗塞や脳梗塞、左目失明でもなお書きつづけ、二〇〇四年、八五歳で世を去った。わたしは八〇代になってなお、まだうろうろしている。

丸木 俊

「悲惨な戦争から、悲惨なものを除け、というのは、『悲惨でない戦争』を教えろ、ということですか」

まるき・とし
1912.2.11－2000.1.13（87歳）.
北海道生まれ．画家．夫の丸木位里とともに「原爆の図」「沖縄戦の図」などを発表．

中学生になったばかりのわたしたちは、教師に引率されて、繁華街にあるデパートへ歩いていった。最上階の五階に飾られてあったびょうぶ絵が、「原爆の図」だった。裸の女たちが両腕を前に突き出し、よろよろ歩いている。その両腕から剝がれ落ちた皮膚が、長く地上に垂れ下がっている。重苦しい音楽が鳴っているようだった。

「それは幽霊の行列。破れた皮を引きながら力つきて人々は倒れ、重なりあってうめき、死んでいったのでありました」。被爆直後に、夫の丸木位里《いり》の実家を訪ね、広島に着いた丸木俊の文章だ。一発の原爆で四カ月の間に約一四万人が死んだとされる。

わたしの郷里、青森県弘前市で、「原爆の図全国巡回展」がひらかれたのは、一九五一年六月。市や医師会、地元紙などの後援だった。三日間で来場者三〇〇〇人。若者たちがトラックに積んで全国をまわった。まだ連合軍の占領下、被爆の悲惨な写真は、連合軍の検閲を通過できなかった。警察も干渉した。朝鮮半島では戦争がはじまっていた。

原爆の図 丸木美術館前で．左は夫の丸木位里さん／原爆の図 丸木美術館提供

「誇張だ。人間がこんな裸になるわけがない」との批判もあった。ほかの都市の空襲体験者の声だった。しかし、いちはやくリアルな地獄絵としてたちあらわれた「原爆の図」が、日本人のこころに原爆の恐怖を刻みつけた力は大

きい。それは原発反対の意識にも、深いところでつながっている。

位里と俊は広島で目撃した被爆者の姿を、「幽霊」「火」「水」などのテーマで描きつづけ、五四年の第五福竜丸の被爆、原水爆禁止の署名運動とも連動して六〇〇会場、九〇〇万人が参観した。海外二四カ国でも展示された。

「原爆の図」は、俊の精緻なデッサンと雄渾《ゆうこん》にしてシュールな位里の日本画とが溶け合って、完成した。

「わたしが描いたあと、位里が薄墨をザーと流すんです。そのときは心配してね、ああ困ったなあ、大変だ、消えてしまった、と思ったりしたけど、朝、起きてみたら凍ってるの。そうすると、不思議な、墨のかたまりっていうか、よどみっていうか、とても面白いんです。自然の力ですけどね、人間の姿がでてくるの」

と感嘆の声で俊さんがわたしに語った。

埼玉県東松山市の「原爆の図　丸木美術館」を、わたしがはじめて訪問したのは、一九八一年。「現代社会」の教科書から、「原爆の図」が検定によって削除されたときだった。俊さんは文部省へ出向いて、教科書検定課長に抗議した。その様子を取材に行った。削除の理由は、「あまりにも悲惨だから」だった。「悲惨な戦争から、悲惨なものを除け、というのは、『悲惨でない戦争』を教えろ、ということですか」と俊さんは詰問した。

それから一六年たって、また東松山市を訪問した。俊さんはあいかわらずの美しい白髪だったが、昔のキリッとした感じが、のどかな、のんびりした八五歳になっていた。広島での米兵捕虜の死、連行されてきた朝鮮人労働者の被爆死。さらにはアウシュビッツなど、位里さんとともに反戦の絵を描きつづけ、展示してきた。

その美術館は、新型コロナウイルスによる臨時休館もあったが、いま全国的な支援運動、さらに国際的な支援もふえ、改修計画もすすめられている。戦争の加害と被害とを結ぶ、世界的にも貴重な「原爆の図　丸木美術館」は、日本の宝だ。

III

熊谷あさ子

「海が汚されたら
大間は終わりだ。
海と畑があれば
人間は食っていける」

くまがい・あさこ
1937.10.13－2006.5.19（68歳）.
青森県生まれ．大間の漁師．

本州最北端にあって、あたかも斧を振りかざしたような形の下北半島、その北端にあるのが大間崎である。目の前に北の大地・北海道が横たわっている。

一九八二年夏、原子力委員会が、大間町に新型転換炉（ＡＴＲ）の実証炉建設を決定した。が、いまはウランとプルトニウムの混合酸化物（ＭＯＸ）燃料専用の原発。二転三転してなお、肝心の稼働時期は未定だ。

着工は計画決定から二六年もすぎた二〇〇八年。まだ用地買収にてこずっていた。

地主を説得して土地を押さえ、ふたつの漁協に漁業権放棄を決議させた。それでも「原子炉設置許可申請」を変更、炉心の位置を変えざるをえなかった。

なぜか。たったひとり、熊谷あさ子さんの畑、一ヘクタールを買収できなかったからだ。原発建設史上はじめての珍事だった。

どうして反対なんですか、とわたしはあさ子さんにたずねた。「わい(私)の職場だもん。ママ食うためだ。大間で暮らしている漁師は、ほかに行っては食えない」

大間原発建設予定地の農道で(2005.5)

大間は大間マグロで有名だが、皆が皆、一発勝負のクロマグロを狙っているわけではない。コンブ、イカ、ウニの根付漁業でも十分にやっていける。あさ子さんは亡くなった夫、息子との三人で津軽海峡を横断、太平洋側の三沢沖まで魚を追って行くこともあった。

町長や町議、町の幹部や電源開発の社長まで、あさ子さんの畑に説得にきた。狭い町で、有力者に盾突いて暮らす精神力に、わたしは驚嘆した。

「発電所の建設にあたり非常に重要な位置に所在しており」と、買収をもとめる電源開発からの手紙の一節にある。

「一億円の金額が提示された」。海や山や野良で働いてきたあさ子さんは、大きな声であっけらかんと話す。それでも、カラオケに迎えにきていた友だちがこなくなったのがこたえる、という。

手を替え品を替え、買収工作があった。あさ子さんを買収する資金、七〇〇〇万円を持ち歩いていた、むつ市の不動産会社の社員が使い込み、「自動車強盗に襲われた」と芝居を打つ、「狂言強盗事件」まで発生した。暗闇で動く原発マネー。最近では関西電力の幹部たちが、福井県高浜町の元助役から多額の金品を受領していたことが発覚している。

「日本の原子力政策は嘘だらけ」と原子力規制委員会の初代委員長・田中俊一氏も慨嘆する(『選択』二〇一九年一一月号)。新潟県の巻《まき》原発建設、能登半島の珠洲《すず》原発建設の失敗の原因は、電力会社の高をくくったずさんな計画にあった。

「大間の海は宝の海」というあさ子さんは、自宅で犬と暮らしていた。二〇〇六年五月、畑仕事で感染したツツガ虫病で、他界。六八歳だった。

いま、大間原発は建屋が立っているだけ。円筒形の原子炉圧力容器は、広島県の工場の倉庫に転がったままだ。ふたつが結びつく日がくるのかどうか。

空虚な原発建屋から五〇〇メートルも離れていない畑のなかに「あさこはうす」がある。娘の厚子さんと孫の奈々さんが、あとを継いだログハウスである。風力と太陽光で電力を賄《まかな》っている。

大間港から原発予定地へむかう道路の横に、「あさこはうす」に行く入口がある。クルマ一台分の道幅を残して、周りは有刺鉄線を張ったフェンスで遮断されている。電源開発に雇われたガードマンが威圧する監視小屋に目もくれず、厚子さんは「あさこはうす」に通い、花畑を作っている。それがあさ子さんの闘いの引き継ぎである。

寺下力三郎

「水準点以下の村民の生活を基準にして村政に取り組む。それが人間尊重だ」

てらした・りきさぶろう
1912.8.11－1999.7.30（86歳）．青森県生まれ．1969－73年，六ヶ所村村長．

原発の将来は、青森県六ヶ所村の核燃料再処理工場の動向にかかっている。核のごみの捨て場がなくとも、再処理して原発で再使用する、との核燃料サイクルの夢があった。が、六ヶ所村の施設は「もんじゅ」とおなじ、夢の跡となりそうだ。

元村長の寺下力三郎さんは「虚大怪発」と言い切った。彼が予言したように、一九六〇年代末、政府と財界が一体となってすすめた「むつ小川原《おがわら》巨大開発」は、完全に破綻した。いま五〇〇〇ヘクタールにおよぶ膨大な開発予定地で眠り込んでいるのは、五一基の石油備蓄タンクと、二〇〇九年一月の高レベル廃液漏れ事故以来、試運転を停止したまま、ピクリとも動かない核燃料再処理工場だ。

寺下さんは、一九七三年の村長選挙で、七九票の僅差で開発推進派に敗れ、一期四年だけで村長室を去った。勝利した対立候補は村議会議長だった。その四年前、政府はいきなり村のほぼ全域を開発する「新全国総合開発計画」を閣議決定、寺下村長を先頭に、村ぐるみの開発反対運動がはじまった。

核燃料サイクル反対の知事候補の選挙応援で(1997.6, 六ヶ所村)／撮影・島田恵

土地買収のブローカーが暗躍し、村の有力者がその手先となり、議会議長も推進派に転向して、寺下追い落とし候補となった。政府、財界の合作、「むつ小川原開発」をめぐる暗闘だった。

わたしはある夜、不動産業社長の農家買収工作に同行した。囲炉裏端《いろりばた》まで上がり込んだ社長は「銀行がもう閉まっているから、預かってくれ」と、ボストンバッグから、五〇〇万円の手付金の入った封筒を取りだし、女主人に押しつけた。が、彼女は「娘が反対だから」とその場でようやく押し返した。

村長室から追いだされた寺下さんは、自宅前に、自筆で「開発難民を救う会」と記した、木製のちいさな看板を掲げた。村長時代、巨大開発に真っ向から対抗して、「水準点以下の村民の生活を基準にして村政に取り組む。それが人間尊重だ」と強調していた。その継続である。

この村でなければ暮らせないひとたちがいる。そのひとたちを主体に考える。村内二四〇〇戸のうち農業人口は五三%、それ以外の人はたいした土地をもっていない。土地から追いだされたあと、いままでの最低生活がどこで保証されるのか。それが寺下さんの開発反対の理由だった。

謹厳実直な表情だが、下顎《したあご》が張って意志が強そうだ。「死んでから墓にまんじゅう代わりの馬糞《ばふん》を供えられたくない」と冗談半分でいった。村長に当選したばかりの寺下さんは、たとえ選挙で落とされても、土地から引き離される農民の修羅場はみたくない、とも強調していた。

開発は難民をつくる。それは養蚕指導員を辞めて、戦前の朝鮮半島に渡り、興南の朝鮮窒素肥料（現・チッソ）の工場で働いていたときに遭遇した現実だった。広大な工場の周辺に粗末な小屋が立ち並んでいた。日本企業の進出によって、追い払われた朝鮮人の住宅だった。

二〇一一年三月の福島原発事故は、多くの難民を生みだした。六ヶ所村では、その二年前の二〇〇九年に試運転を停止したあとも、再処理工場で廃液漏れトラブルが発生。「広島型原爆三発分」（小出裕章《こいでひろあき》さん、原子力工学研究者）の放射能が屋内を汚染している。もしも工場外に漏れていたら、福島事故の何十倍もの被害を発生させた事故だった。

木内みどり

「頑張れる！あれで根性入った」

きうち・みどり
1950.9.25－2019.11.18（69歳）．愛知県生まれ．俳優．ドラマ「熱中時代」，映画「死の棘」などに出演．

友人から電話がきた。「木内さんが広島で急死した」。棒で殴られたようなショックだった。「さようなら原発」や「5・3憲法集会」などの平和集会で、司会をお任せしていた。自分の出版記念パーティーの司会までお願いした。借りが大きすぎた。お礼をいう間がなかった。いまでも「申し訳ありません」とお礼とおわびをしたい。

「芸能界の制約が多かっただろうに、快く引き受けてくれた。開き直ったようなすがすがしさがあった。今年九月の全国集会でもお元気そうだったので驚いている。勉強家で向上心の強い人。これからも頑張ってもらえると思っていたのに」(『東京新聞』二〇一九年一一月二二日)。電話取材に応じたわたしの談話の一部。まだ六九歳だった。

福島県双葉町の商店街。いまなお一部を除き「帰還困難区域」にされたままだ。地震の強烈な衝撃を受けて、前のめりに倒れ込んでいる店が両側につづく道を、二〇一四年一〇月、白い防護服を着て、うなだれて歩いている木内さんの姿があった。

東京・新宿で開かれた脱原発集会で(右.左は筆者. 2013.3)/撮影・田村玲央奈

住民しか立ち入りが許されていない、原発被災地を案内してくれたのは、商店街の入り口に掲げられた標語「原子力明るい未来のエネルギー」の作者・大沼勇治さんだった。小学生のときの作品である。

同行した友人と大沼さんの説明を受けていると、木内さんの姿がない。もとの道にもどると、彼女はまるで雷に打たれたような表情で棒立ちとなり、あたりの聞こえない叫びを聴いているようだった。

木内さんに「さようなら原発」市民集会の司会役をお願いしたのは、首相官邸前の集会に呼ばれたときに、夫の水野誠一さんと二人で参加しているのをお見かけしたからだ。それが二度ほどあって、脱原発の決意の強さを理解できた。それでお願いして、あっさり引き受けていただいた。

集会中はのぼりを降ろせ、英文の横断幕やプラカードをつくれ、とか積極的な提案もしてもらった。わたしもふくめて、なまじっか運動に長年携わったものは、頭が固い。集会の形がパターン化し、さらにやってもらって当然とする傲慢さがある。

感受性の鋭敏なひとだから、木内さんはその横暴が鼻についていたはずだ。ある年の冬の寒い日、東京・数寄屋橋の道路脇にとめた街宣車の上で、「さようなら原発」の小演説会を開催した。が、準備不足もあって、街宣車の脇を通り抜けるひとたちから、見事なまでに無視された。木内さんは狭い車上のスペースを、右へ左へ行ったり来たり、体を曲げて声をだしていた。

それでも「もう金輪際いやだ」と見切らなかった。「あんなところで紙芝居なんかさせないで」といっただけだった。友人が自作の反原発紙芝居をやらせろ、といってきたのを、わたしが引き受けたのだ。木内さんは司会をやめることなく、ほかの集会にも参加するようになった。その日のことを話題にしたとき、彼女は笑っていった。

「頑張れる！　あれで根性入った」

ひとり娘の水野頌子《しょうこ》さんは「『木内みどり』の完成」と題してこう書いている。「木内みどりは、自分自身の決めた正しさにいつでもまっすぐ、強烈な速度で向かっていた」（木内みどり遺著『あかるい死にかた』所収）

菅原文太

「みんな死んじゃったね、あるのは墓ばっかりってことにだけはならないように」

すがわら・ぶんた
1933.8.16－2014.11.28（81 歳）.
宮城県生まれ．俳優．主演作に「仁義なき戦い」「トラック野郎」シリーズなど．

広島の暴力団抗争と幹部の裏切りに翻弄される、若き組員の「仁義なき戦い」。イルミネーションを飾り立てた大型トラックを爆走させる、御意見無用の「トラック野郎」。菅原文太はオイルショック後の若者たちの不安を、一身に背負ったアナーキーな夢のヒーローだった。

それから約四〇年たった二〇一一年。菅原さんに呼ばれて対談した。ラジオ局のスタジオが初対面。映画の危なっかしいアウトローとはまったくちがって、穏やかな、生真面目な表情が意外だった。

何冊かの拙著と大きな字でメモがとられたノートが、手元に置かれてあって、意表を突かれた。周到に準備してきたのだ。おなじ東北人同士、出稼ぎ労働者などについて語り合った。

東日本大震災の被災者を激励(2011.6, 宮城県丸森町)

このとき、菅原さんは映画俳優をとっくに引退して、山梨県北杜《ほくと》市の農場にこもって、無農薬有機農業の実践家になっていた。二〇一四年には、雑誌『本の窓』で対談。東北の辺境に押しつけられた原発と沖縄で強行されている米軍新基地建設が話題になった。
「沖縄と原発はおなじ構図だと思うんですよ。中央が無理強いしたということで」と菅原さんがいった。終わって、いつものように付き添っている、お連れ合いの文子《ふみこ》さんに誘われて、出版社のむかいにある、学士会館のレストランでごちそうになった。菅原さんは疲れた表情だった。すでに末期がんだったのだ。

「秋にある沖縄県知事選も福島県知事選も、超保守勢が勝って、善良なる日本国民がいつかとおなじように、唯々諾々《いいだくだく》とそれに従って」と語り、冒頭に掲げた「みんな死んじゃったね……」に続けた。この危機感は、戦争世代特有の杞憂《きゆう》というべきか。「日本は落ちるところまで落ちたほうがいい」というのも、日本の将来を思うが故の反語だ。

　この年の六月一二日、東京・日比谷野外音楽堂でひらかれた「戦争をさせない一〇〇〇人委員会」の集会のゲストとして、菅原さんに発言していただいた。わざわざ山梨県北杜市から足をはこんでの、ボランティアである。

「戦争というのは暴力です。暴力映画をしきりに撮ってきたわたしがいうのもなんだけど」と笑いをとった。このとき語ったのは、父親の話だった。四〇すぎの中年兵として出征、帰ってきたのは六年後、戦争が終わって三年たってからで、生涯立ち直れなかった。父親の長兄は帰ってきたものの、死ぬまでマラリアで苦しみ、三男は赤紙一枚でフィリピンに出征したまま、髪の毛一本も帰ってこなかった。

「今日も、明日も、明後日も、戦争反対で一緒に闘いましょう」と締めくくった。このとき、憲法学者の樋口陽一さんにも登壇していただいたのだが、おふたりが楽屋で懐かしそうに話していたのが、印象的だった。樋口さんと井上ひさしさんは、菅原さんの仙台一高での一年後輩なのだ。

日比谷の集会から五カ月後、沖縄県の仲井眞《なかいま》弘多《ひろかず》知事の任期満了に伴う県知事選のとき。翁長雄志《おながたけし》候補の応援で沖縄に駆けつけた。「形勢不利だったら行く」と支援者に約束していた、と文子さんから聞いた。

「仲井眞さん、弾はまだ残っとるがよう」と「仁義なき戦い」のラストシーンの決めぜりふをいって、満場の喝采を浴びた。四週間後、体調が急変、入院先で息を引き取った。

高木仁三郎

「人間は巨大技術で自然界を支配する権利などない」

たかぎ・じんざぶろう
1938.7.18－2000.10.8（62歳）．
群馬県生まれ．原子力資料情報室創設者．著書『市民科学者として生きる』ほか．

よく知られている、病床の宮沢賢治が手帳に書きつけた、「雨ニモマケズ」の二行。「ヒデリノトキハナミダヲナガシ　サムサノナツハオロオロアルキ」。天変地異の激しい不安な日本列島に置くと、この思いがますます輝いてみえてくる。

「私の知る限り、今の科学者たちはまず人間として涙を流し、オロオロするところから出発しようとしない」と高木仁三郎さんは書いた。

「クールな科学者」に決定的に足りない、人間的な共感を、と主張するご本人は、三五歳で東京都立大学の助教授を辞職し、民間のちいさな「原子力資料情報室」を立ち上げ、集会に出かけ、裁判の証人になり、本を書き、反原発運動の理論的支柱になった。

わたしが最初にお会いしたのは、新宿駅にちかい喫茶店だった。日本化学工業の六価クロム公害の反対運動をやっていたMさんの紹介で、話題は青森県六ヶ所村の運動についてだった。おたがいが三〇代半ばのころで、彼はよく見通すような、見開いた大きな眼をしていた。新進気鋭の学者だった。

高速増殖炉開発撤退を訴える(1997.7)

千葉県の成田空港建設反対集会に出かけると、ノンセクトラジカルを表す、黒いヘルメットをかぶったデモの隊列に高木さんがいた。そのころ、反対派農民の畑を借りて小屋を建てた、支援運動グループのひとつのメンバーとして、都立大の職員や学生たちとコメを作っていた。

成田市・三里塚の農家に上げてもらって、漬物でお茶を飲んだり、おしゃべりしたり、コメの作り方などの指導を受けていたことが、研究一本やりの人生を幅の広いものにした、と連れ合いの久仁子さんがいう。

その後、ドイツの核物理研究所での研究生活を終えて帰国、卒然と辞職した。驚いたわたしに「これ以上、科学技術を進めるよりも、市民への啓発の方が大事です」と軽やかにいった。

原子力開発を進める側から批判する運動の側へ。一八〇度の徹底的な転換である。大きなシステムのコマのひとつになっていると、自分のなかの人間性が殺されていく。自然破壊、人間性の抑圧、そして大事故の発生。人間の顔をした科学をどうしたらつくれるか。

「われわれはどんな方法でわれわれに必要な科学をわれわれのものにできるか」

宮沢賢治がはじめた「羅須《らす》地人協会」の、農民むけの集会案内に書かれてあった一行に、高木さんは衝撃を受けた。研究の現場で苦しみながら考えていたことが、この言葉に集約されていた。

科学者・高木さんの遺著は、小説だった。『鳥たちの舞うとき』。ダム工事反対闘争がテーマなのだが、人間だけでなく、トンビやカラスたちも闘争に参加する。「人間は自分の開発した巨大技術で自然界を支配する権利など、宇宙と自然界全体の名においてないのではないか」という主人公の浩平は、がんに侵され、あと半年のいのち。著者本人の分身だが、ホスピスの一室で、痛みに耐えながら口述しつづけた。「いつ死ぬかという問いの次元を超えた何ものかが自分のなかに生まれてくるような気がした」。酸素チューブを拒否して、息を引き取った。

戸村一作

「闘争は芸術の宝庫である」

とむら・いっさく
1909.5.29 – 1979.11.2（70歳）．
千葉県三里塚生まれ．三里塚芝山連合空港反対同盟委員長をつとめる．

千葉県成田市。三里塚交差点のすぐそばに、戸村農機具店がある。先代の店主・一作さんは、旧約聖書に登場する、イサクにちなむ名をもつキリスト者だ。西南の役に官軍の一兵卒として駆り出された祖父が、横浜港から乗船する前に、宣教師のつじ説法で出会った信仰が、三代目に引き継がれた。

戦争から帰ってきた祖父は、自宅の土地を提供し、三里塚教会を建てた。三代目・戸村一作は、三里塚に広がる天皇家の御料牧場が醸し出す、ヨーロッパ風の牧歌的な風景を、ミレーをしのばせるタッチで描き、彫刻をつくり、あるいは聖書を読み、農民相手の商売にはさほど熱心ではなかった。

五七歳。そのまま穏やかな老後を迎えるはずだった。そこに降って湧いたように国際空港が押しつけられたのは、ほかならぬ広大な御料牧場があり、周辺は貧しい開拓農家、建設は易《やす》し、と佐藤栄作内閣が踏んだからだった。

一九六六年六月、空港に土地を奪われようとする農民たちに懇願されて、地権者ではない戸村さんが、三里塚芝山連合空港反対同盟の委員長を引き受けた。それから一三年間、最前線で闘いつづけ、七〇歳で病に倒れた。過激な老後だった。

一九六八年二月、デモ隊のなかにいて、戸村さんは、背後に迫った機動隊員の警棒で頭をかち割られて昏倒《こんとう》した。「私はできるだけの力で掌《てのひら》を傷

三里塚闘争の現場で(1971.9, 成田市)

口にあて、血を止めようとあせった」

「私はなぜあのとき、血みどろのまま、死を賭して敵陣に躍り込み、暴虐者を捕らえるだけの勇気と決断を欠いたのだろうか。その喪失はどこからきたのだろうか……私は血を見て人間の脆弱性を知り、その反面、血を見て真の自己発見と変革を遂げることができたのである」（著書『野に起つ』）

頭部裂傷二カ所、打撲傷十数カ所。委員長と知っての攻撃だった。地域の自足的な文化人が、妥協なく闘うキリスト者に転生した瞬間だった。翌年、ブルドーザーの前に座り込んで逮捕された。

三里塚闘争は、地域ぐるみ、少年から老人まで、男女ともに国策の強行に立ちむかった。日本の歴史で、もっとも果敢かつ長期的な農民闘争であり、いまなお空港は完工されていない。それ以降、国家権力むき出しの強制執行は影を潜めた。

戸村さんは、農民たちから「変わり者」と見られていた。それは孤高の影でもあったが、決して裏切らない、という絶対的な信頼感でもあった。

闘争の合間に、農機具製作の酸素溶接の技術で、キュービズム風の鉄製彫刻をつくった。わたしは編集者として、『新日本文学』に小説を二本書いていただいたのだが、「三里塚闘争は芸術の宝庫」といっていた。画家らしい、細やかな農民への観察がよく行き届いている描写で、日々の闘争を歴史的に見ている視点でもあった。

一九七七年五月。東山薫《ひがしやまかおる》さん（当時二七歳）が機動隊の催涙弾を頭部に受け、成田日赤病院で息を引き取ったとき、わたしは戸村さんと廊下のベンチに並んで座っていた。このときの悲痛な表情は忘れられない。責任をかみしめていたのであろう。暗い、深夜の廊下に悲痛な怒りが這っていた。

一九七九年一一月一日、築地の国立がんセンター一〇階の病室前。一緒に行った牧師のAさんだけが病室に入った。骨と皮だけ、ちいさくなっていた、しかし、眼は相変わらず鋭かった、という。他界したのは、翌日の昼前だった。

袴田 巖

「もう世界の神にたいして期待はないんだ」

はかまた・いわお
1936.3.10－
静岡県生まれ．元ボクサー．
冤罪事件で確定死刑囚に．

みそ工場の雇用主一家四人を殺害した、として死刑を宣告された袴田巖さんが、やり直し裁判の請求を認められた。と同時に突然釈放されたのは、逮捕の日から四七年七カ月たった、二〇一四年三月だった。世界一長い拘禁生活、としてギネスブックに掲載されたこともあった。

「これ以上、拘置を続けるのは耐え難いほど正義に反する」と静岡地裁が再審開始を決定、釈放させた。裁判をやり直せば無罪になる、との判断だった。裁判官の良心は生きていたと思いきや、東京高検が即時抗告、それを受けて東京高裁は静岡地裁の再審開始決定を取り消した。寄ってたかって、正義をなぶり殺しにしたのだ。

しかし、本人はその悲惨をよく理解していなかったようだ。拘禁反応。長い拘禁生活が精神的にダメージを与えていた。姉の秀子さんが東京拘置所へ面会にいっても、「おれには姉はいない」と拒絶されて、空しく帰ってくることも多かった。

84 歳の誕生日に．奥は姉秀子さん(2020.3)

「巌がおかしくなったのは、死刑が確定してからです」と秀子さんが証言する。隣の独房の死刑囚が連れ去られたまま、もどってこなかった。死刑が確定すると、六カ月以内に執行する、と刑事訴訟法で定められている。

袴田さんは死刑確定後も「無実の死刑囚」として四〇年を生きてきた。

法務大臣まで執行の書類は回されなかった。そうかといって無罪にもしない。正義は凍《い》てついている。

叫びたし寒満月の割れるほど

一九七五年、福岡拘置所で処刑された西武雄《にしたけお》死刑囚の俳句だが、自分に無関係な犯罪で処刑される、その恐怖におびえている。叫んでもなんの応答もない孤独感は、想像するだけでも身震いさせられる。

袴田さんは、パジャマ姿で四人を殺害した、と自供させられたが、血痕はなかった。犯行当時の着衣は、事件の一年二カ月後、工場のみそ桶の中から発見された、というシャツとズボンなどに変えられた。が、袴田さんには小さすぎた。さらに「血痕」はあとで付けられた、と証明された。証拠の「偽造」が疑われている。

第一審の静岡地裁で、陪席裁判官として死刑判決を書いた、熊本典道《のりみち》さんもこの事件の犠牲者だった。彼は袴田無罪を信じていたが、裁判長を説得できなかった、と告白した。福岡の木造アパートで独り暮らしをされていた。沈痛な表情の奥にある、暗い闇の深さが説得的だった。

釈放された袴田さんは、東京郊外の精神科病院に入院した。医師は「ようやく、自分の名前を認めるようになった」といった。袴田さんの意識は死刑にされる自分の肉体から乖離《かいり》していた。

二〇一八年の夏、浜松市のマンション三階、秀子さんの自宅で袴田さんに会った。テレビの前の椅子で、鷹揚《おうよう》にうちわを使いながら座っていた。ボクサー時代について聞いた。「もう終わったことだ。もう世界の神にたいして期待はないんだ。時代は終わってしまった」

ハワイにある別荘に帰りたい、ともいった。が、それは妄想のようだ。いま、毎日、午後になると三階の部屋から降りて、浜松駅方面に向かう。秀子さんは「徘徊しているんです」と笑っていうのだが、夕方には帰ってくる。

中折れ帽をかぶって、リングを突進するように歩く。顔見知りの市民が、ガンバって、お元気で、と声をかける。手を振って歩をすすめる。「五〇年待ちました。あと五〇年は生きて、無罪判決を待ちます」とは、秀子さんの決意である。

熊本典道

「これはわれわれが裁かれているような気がします」

くまもと・のりみち
1937.10.30－2020.11.11（83歳）．佐賀県生まれ．裁判官・弁護士．裁判官として袴田事件死刑判決にかかわる．

無実なのに死刑を宣告され、ようやく四八年近くたって釈放された、袴田事件の袴田巖さん。二〇二三年三月、東京高裁が再審開始を決定。「無罪確定」の名誉回復は近い。

一九六六年六月、静岡県清水市(現・静岡市)で発生した、一家四人殺しの容疑者として逮捕された袴田さんは、殴る蹴る、拷問というべき、一日に一二時間から一三時間、ぶっ通しの取り調べを二〇日間も受け、取調官のいうがまま、調書に署名させられた。

一九六八年九月、一審、静岡地裁判決は死刑。取り調べの違法行為は、それだけでもデュープロセス（正当な手続き）違反として、容疑者を無罪にすべきものだ。しかし、高裁、最高裁も、その判決をそのまま追認して死刑が確定した。処刑におびえる日がつづいて、姉秀子さんの面会さえ拒否、現実から乖離する精神状態になった。

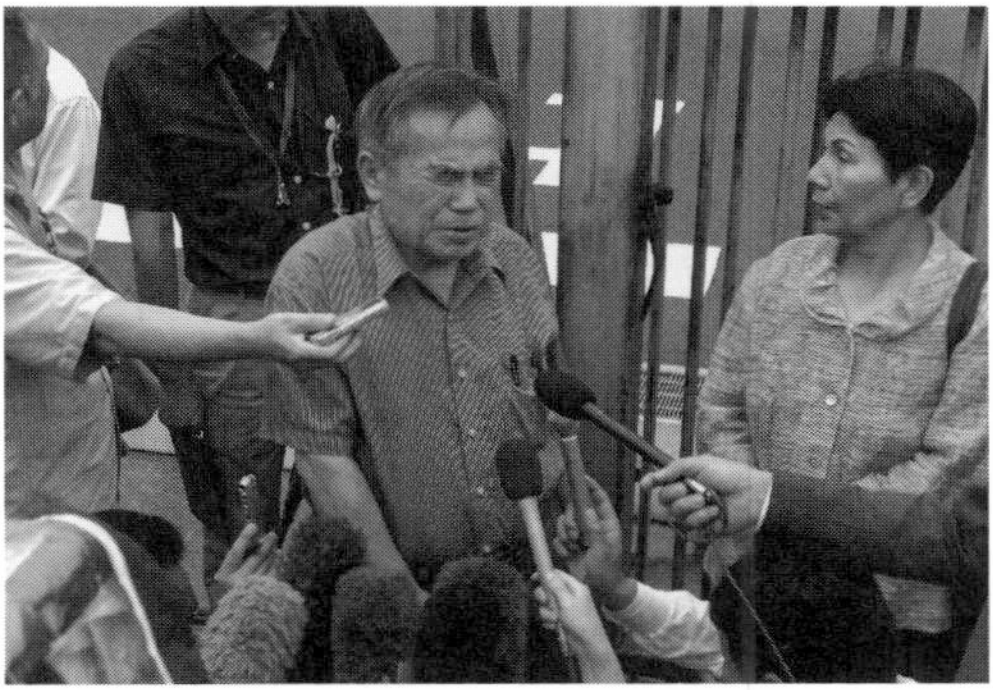

袴田巌さんと面会叶わず無念の表情（中央．右は姉の秀子さん．2007.7，東京・小菅）

それから三八年がたったある日。袴田事件の再審を求めている支援者に、一審判決の元主任裁判官から、会いたいとの連絡があった。熊本典道さんの登場だった。そのあと、震えるような大きな文字でしたためられた、手紙がきた。

「判決の日から今日まで心痛がつづいています。最終の合議の結果、二対一で私の意見は敗れ、その上、判決書作成も命じられ、心ならずも信念に反する判決書を書くのに一カ月を要した次第です……一審で私が有罪に賛成しえなかったのは、『合理的な疑いを越える』証明がなされていない、という理由でした」

手紙は、袴田さん、秀子さんに「早く、謝罪したい一心です」と結ばれていた。

二〇〇七年一月、小川秀世弁護士、秀子さん、支援団体の山崎俊樹さんなど、四人が福岡のホテルで熊本さんと会った。心ならずも死刑判決を書いた、そのあとまもなくして、裁判官をやめていた。この日、熊本さんは録音、撮影、取材、集会への参加を承諾した。裁判官は合議の内容は守秘義務とされているのだが、彼はそれにとらわれないことを覚悟していた。

その告白が大きなニュースになって、袴田事件の無実性がクローズアップされるようになった。袴田さんは無罪だ、との爆弾発言があってから三カ月ほどして、わたしも福岡で熊本さんにお会いした。仕立ての良さそうなジャケットを着込んだ、額の高い知的な表情だった。

袴田裁判は福島の裁判所から静岡に転勤して、第二回公判からの担当だった。だから罪状認否からやり直した。

「よく覚えています。低すぎはしないけど低い声で『わたしはやっていません』。ムキになったでもなく、それだけなんです。その日が終わって、法廷の後ろの椅子に座って『石見（裁判長）さん、これはわれわれ三人が裁かれているような気がしますけど』といったら『うん、そうだな』って」

ホテルで取材したあと、郊外にある熊本さんの自宅へ同行した。木造アパートの二階二間。小さなちゃぶ台のうえに、茶わんや食べかけのお皿が載った、わびしい独り住まいだった。

亡くなる二年ほど前、秀子さんが巌さんを福岡の病院へ連れていった。酸素吸入チューブを鼻に通していた熊本さんは、「いわお、いわお、ぼくをわかるか」と呼びかけて涙を流した。が、巌さんは誰か認識できなかった。

矢野伊吉

「不正義に気付いてしまったなら、
気付いた人間が
やはり何かを
しなければならない」

やの・いきち
1911.5.11－1983.3.18（71歳）．
香川県生まれ．裁判官を辞し，
財田川事件の弁護人に．

いまは亡き高校同期の編集者、白取清三郎が改まった表情で「頼みがある」といった。裁判官が中途退官して、無実の死刑囚の弁護活動をしている。「その本を出したい、手伝ってくれないか」。といわれても、聞いたこともない事件だった。まして確定死刑囚。まちがった仕事になったら、との保身があった。いまから五〇年前、冤罪死刑囚の存在など考えられなかった。

白取清三郎がわたしに手渡したのは、タイプ印刷されたB５判、八九ページのパンフレット『財田《さいた》川《がわ》事件の真相』だった。一九歳の少年が闇米ブローカー殺し容疑で逮捕され、最高裁で死刑が確定していた。事件発生から、二三年もたっていた。

著者は矢野伊吉さん。旧制中学卒、独学で高等文官試験(司法科)に合格、戦前の植民地朝鮮で裁判官になった。戦後は釧路地裁網走支部などに赴任、定年近くなって故郷に帰り、高松地裁丸亀支部長だった。

谷口繁義さんの兄弟と握手(右．1979.6，高松市)

そこで前任者が書棚に放置していた、確定死刑囚・谷口繁義さんの手紙と出会った。再審を訴えた手紙だったが、すでに五年も放置されてあった。矢野裁判長は原記録を取り寄せて精査し、大阪拘置所へ出かけて谷口さんと面会した。さらに当時の関係者を呼んで質問、無実を確信した。

『財田川事件の真相』には、「このままくたばってはいけない。誰が彼を救出するか。私は天の声のようなものを感じ自己を叱咤《しった》した」とも書かれていた。わたしはその気迫を受けて、パンフレットをもとに本をまとめることに同意、香川県丸亀市の矢野さん宅を訪問した。

その一年前、矢野さんは脳卒中で倒れ、半身不随だった。座卓の前にちいさく座っていた。が、目が鋭く威厳があった。もつれる舌で「権力による犯罪だ」と叫ぶようにいった。話が核心にはいると、麻痺《まひ》していない左手で、もどかしそうにテーブルをたたいた。

ふたりの陪席裁判官の同意をとりつけ、「再審開始決定」の草案を作成し、決定を宣告したあと退官して、谷口さんの弁護人になる、と公表していた。ところが、ある日、ふたりの陪席裁判官が突然、裁判長室にやってきて、開始決定は延期したいと主張した。合議は破綻した。

わたしは谷口さんの実家も訪問、長兄の勉さんと会った。警察官だったが事件後に依願退職、家の横の畑でくわを振るっていた。「そっとしておいてほしい」と彼は懇願した。娘が結婚できなくなるのが不安だ、といった。

一九七五年一〇月、矢野伊吉著『財田川暗黒裁判』が公刊された。この中にあるのが、冒頭の言葉だ。元裁判官が裁判の経過を「暗黒」と書いたというので、反響は大きかった。その一年後、弁護団が結成された。最高裁は再審請求棄却決定を「著しく正義に反する」として高松地裁に差し戻した。八〇年代の確定死刑囚、谷口繁義、免田栄、赤堀政夫、斎藤幸夫四氏の再審無罪にむかう端緒となった。

が、最高裁はこの決定文で、「弁護人が世論をあおるような行為に出ることは、職業倫理として慎むべき」と批判した。著しく正義に反するといいながらも、谷口さんを釈放しなかった。

なぜいまなお拘禁されているのか、と矢野さんに聞いた。彼はテーブルをたたいて「ダッカン(奪還)!」と短く叫んだ。谷口さんが無罪判決を得て解放されたのは、一九八四年三月。矢野さんは一年前に世を去っていた。

IV

石牟礼道子

「わたしのことではなく、
ゆりさんのことを
書いてください」

いしむれ・みちこ
1927.3.11 − 2018.2.10（90歳）．
熊本県生まれ．作家・詩人．
著書『苦海浄土』『椿の海の記』
ほか．

『苦海浄土』が発刊されたのは、五四年前の一九六九年。フリーになったばかりのわたしは、この本の奥付に記されてあった、熊本県水俣市の石牟礼道子さんのお宅を訪ねた。かっぽう着姿で玄関にでてきた石牟礼さんは、「これから近所の寄り合いに行かなくては。おつきあいですから」とはにかむような笑顔をみせた。

石牟礼さんはまだ無名の主婦で四一歳。水俣病告発の市民運動に参加されていた。自分の代わりに、と紹介してくださった杉原ゆりさんは、この本の口絵に登場、「六歳で発病。目も耳も働かず、言語・知能障害、運動失調」と記されている、当時一〇代後半の女性だった。

「むざんにうつくしく生まれついた少女」と石牟礼さんは書いている。この本は第一回大宅壮一ノンフィクション賞に選ばれたが、石牟礼さんは受賞を断った。それは「わたしのことではなく、ゆりさんのことを書いてください」といったのとおなじように、苦しんでいる被害者を差しおいて、自分が脚光を浴びるのは許せない、との自制だった。

水俣病患者の声を伝えつづけた(2015.4，熊本市)

厚生省(当時)が、原因を「チッソ工場からの排水による」と認めて、間もない頃だった。教えていただいた病院に着くと、両親に付き添われた少女がベッドに横たわっていた。身じろぎもせず、美しいまつげをしばたたかせているだけ。その静けさが残酷さを際立たせていた。

その頃、漁民の運動は訴訟派と一任派とに分断されたばかりだった。訴訟派漁民の代表のお宅は、ちいさな入り江に面していた。孤立感からか、重い吐息が印象的だった。その「湯堂《ゆどう》」の集落へ降りていく坂道を、石牟礼さんはいろんな思いで降りていった。

石牟礼さんが子猫をあげた漁師の家へいってみると、猫が鼻の先をケガしていた。逆立ちして鼻先でキリキリ舞ってもだえ死んだ。おそらく石牟礼さんは「不思議の国」に着地したアリスのような思いだったかもしれない。ある漁師の死を迎えて、書いている。「魚のような瞳と流木じみた姿態と、決して往生できない魂魄《こんぱく》は、この日から全部わたくしの中に移り住んだ」

もがき苦しんだ死者たちの「往生できない魂魄」で、石牟礼さんの胸は一杯になっていた。それが少しずつ原稿用紙に書き移された。「苦海」でありながらも「浄土」でもある世界。書かれているのは人類の死者ばかりではない。

「みしみしと無数の泡のように、渚の虫や貝たちのめざめる音が重なりあって拡がってゆく」と書かれた、虫や貝、海草たちも死んでいく。この微細な、いのちへのクローズアップは、子どもの頃から育まれた、環境への信仰心によっている。

「わたしが文章を書くのであれば、やはり違うように書かなければならない。方言のままでは書けませんけれども、方言を新しい語り言葉としてよみがえらせてゆけば、水俣の現実をいくらかでも書けるかな、と思って書きはじめたのです」と、晩年、わたしに語った。庶民の、底辺のひとびとの気持ちを知らないまま、都会にでたエリートの文体、それとはちがう言葉で、との強い意識だった。

そこから、石牟礼さんの長征がはじまった。それが、いのちや健康を犠牲にした、工業優先社会を撃つ表現として、新しい文学をつくりだした。

上野英信

「かねを惜しむな。時間を惜しむな。いのちを惜しむな」

うえの・えいしん
1923.8.7 – 1987.11.21（64歳）.
山口県生まれ. 作家. 著書『追われゆく坑夫たち』『地の底の笑い話』ほか.

地球が危ない。二酸化炭素（CO_2）がふえて、地球の温室化が自然災害を誘発している。いま脱炭素が世界の国々の緊急の課題になった。その元凶として石炭がやり玉にあげられている。たしかにそうかもしれない。しかし、それでも、地底にもぐりこんで、石炭を掘りだしていた、炭鉱労働者たちの苦難の歴史が、捨てられたボタ（粗悪な石炭）のように、見むきもされなくなるのは悲しい。

京都の大学で中国文学を学んでいた上野英信が、卒然と中退して、みずから筑豊炭鉱の坑夫となり、彼らの悲惨な生と死を書きつづけた。「なぜ性こりもなく書きつづけてこなければならなかったのか……私以外にだれひとりとして書く者がいなかったからだ」(『追われゆく坑夫たち』「あとがき」)

だれにも知られないまま消えてゆく、坑夫たちの血痕を、せめて一日なりとも一年なりとも長く保存しておきたい、というひそかな決意と矜持《きょうじ》が、上野英信の一生を支配していた。

五〇年前、福岡県八幡市(現・北九州市)に長期滞在して、洞海《どうかい》湾の公害を取材していたとき、「上野英信にまだ会っていないのか」と知り合いの新聞記者にいわれ、筑豊炭田の入り口あたり、同県鞍手《くらて》町の炭鉱住宅を訪問した。上野さんはバス停に迎え、お酒を飲ませ、泊めてくださった。「地獄の案内人」を自称して、炭坑夫の失業を

炭鉱労働者の山本作兵衛さん(左)と(1980年)/撮影・本橋成一

取材に訪れる記者やカメラマン、さらに野間宏、杉浦明平《みんぺい》、野坂昭如《あきゆき》、石牟礼道子などの作家たちを自宅に泊め、一寸の惜しげもなく協力した。

一九七四年、上野さんは南米に移住した失業坑夫たちを追って、ブラジル、ボリビアなどをまわり『出ニッポン記』を出版、七八年にメキシコに渡った沖縄の一族の物語『眉屋私記《まゆやしき》』の取材に出かけた。帰ってきたころ、わたしは大牟田《おおむた》市に長期滞在する途上、上野さん宅に寄った。一九六三年一一月、炭じん爆発を発生させ、死者四五八人と膨大な一酸化炭素(CO)中毒患者をだした、三井三池炭鉱取材のためだった。

上野さんのお宅に着くと、大分県中津市から記録作家の松下竜一さんがやってきた。呼ばれていたのだ。上野さんはメキシコから大事に抱えてきたテキーラの大きなつぼをあけた。はじめて飲む酒だった。おいしかった。松下さんは下戸《げこ》なのに、雰囲気にのまれてグラスを飲み干した。

翌朝、上野さんはわたしを連れて大牟田へむかった。後遺症に苦しむCO中毒患者の記録をつくっているO君を紹介し、料亭風のうなぎ屋でごちそうしてくれた。留守宅では、松下さんが布団に伏せって、点滴を受けているとのことだった。

「かねを惜しむな。時間を惜しむな。いのちを惜しむな」

それが上野さんの取材魂だった。松下さん、川原一之《かずゆき》さん、林えいだいさんなど、九州出身の記録作家たちは、上野さんの苛烈な生き方の飛沫を浴びた。

一九八七年三月、九州大病院の病室にうかがうと、大きな個室で明るい雰囲気だった。食道がんだったが、『眉屋私記』の続編取材の計画を楽しそうに語った。八月、沖縄出発の日に、体調不調で中止、一一月死去。脳に転移していた。享年六四歳。

「筑豊よ　日本を根底から変革する、エネルギーのルツボであれ　火床であれ」

記録の鬼の、暗闇に没した仲間たちへの呼びかけだった。病床で手帳に書き付けられたこの絶筆が、祭壇に飾られた。

松下竜一

「海を殺すな！
ふるさとの海を奪うな！
海が泣いているぞ！」

まつした・りゅういち
1937.2.15－2004.6.17（67歳）.
大分県生まれ．作家．著書『豆腐屋の四季』『ルイズ　父に貰いし名は』ほか．

松下竜一さんは小柄な四〇キロの痩軀《そうく》。ときどきせき込みながら、低い声で話した。生後まもなく急性肺炎、九死に一生を得たが、生涯病弱だった。それでもなお、いくつかの住民運動に参加し、全三〇巻の著作集を残した。

泥のごとできそこないし豆腐投げ怒れる夜のまだ明けざらん

母親の死をうけて大学進学を断念した。父親を助けて大分県中津市で家業の豆腐屋を維持、四人の弟たちを育てた。挫折感と憤怒があった。「後年、恋する年頃になり、私はいまさらのように呪った。目のホシを。猫背を。痩身を。傷だらけの肺を」。「目のホシ」とは失明した右目のことだ。「二十代の後半まで、自らの青春を圧殺して、ただ黙々と働き耐えるのみだった」(『豆腐屋の四季』)

「九電消費者株主の会」代表として会見(左. 1995.5, 福岡市)

日々の生活を描いたこの作品は、タイプ印刷の自費出版だった。が、講談社が再発行し、緒形拳主演で連続テレビドラマ化されると、一躍ベストセラーとなった。家業を担い、手探りで短歌をつくっている若者の姿は、世間に感動を与えた。しかし、本人はそれに違和感を抱きはじめた。

なぜ自分が「模範青年」としてもてはやされるのだろうか。時代は一九六八年から六九年、ヘルメットをかぶり、すべての権威を批判し反乱する、学生運動の波が世界にひろがっていた。その対極にいて、黙々と耐えてただ働くだけ、そとに目をむけることもなく、ちいさく閉じた若者。県知事表彰を受け、市長に頭をなでられ、町の人気者になった。

しかし、臆病にすぎた自分に、耐えがたくなっていた。豆腐屋を廃業して、作家を目指した。「一冊書いただけで物書きになるとは」。あざ笑う声が聞こえてきた。おりしも公害反対の運動が全国的に起きていた。大分新産業都市の公害や臼杵《うすき》市風成《かざなし》のセメント工場誘致に反対した、漁民の妻たちの闘争。

それらのルポルタージュを書きながら、反開発の視点を強めた。『暗闇の思想を』『明神の小さな海岸にて』。九州電力の火力発電所建設反対運動などに参加し、記録する仕事が中心となった。

「海を殺すな！　ふるさとの海を奪うな！　海が泣いているぞ！」

松下さんたちのシュプレヒコールは、いま、辺野古《へのこ》への米軍基地建設に反対する、全国のひとびとの声と共鳴する。

三菱重工爆破事件を起こした、東アジア反日武装戦線〝狼〟部隊の大道寺《だいどうじ》将司《まさし》を描いた『狼煙《のろし》を見よ』を、一九八七年上梓。日本赤軍コマンド・泉水博《せんすいひろし》を主人公にした

『怒りていう、逃亡には非ず』(一九九三年)などで、果敢に「過激派」に接近、警視庁から家宅捜索の嫌がらせを受けた。

そのあと、何年かして、新発田《しばた》市(新潟県)のちいさな市民団体から、松下さんとわたしが一緒に呼ばれて、幼少期をこの町で過ごした無政府主義者・大杉栄について講演した。九州から新潟まで、列車の旅に疲れきった松下さんは、講演がはじまるまで控室でせき込みながら横になっていた。律義というか、責任感が強いというべきか。

二〇〇〇年五月、わたしは『松下竜一 その仕事19』のしおりに、「彼はいまなお、はじめて会ったころのナイーブな青年のままだ」と書いた。が、それはまちがっていた。年ごとに過激になる一直線の人生だったのだ。

原田正純

「家庭訪問が医者の原点」

はらだ・まさずみ
1934.9.14 − 2012.6.11（77 歳）.
鹿児島県生まれ．医師．著書『水俣病』ほか.

「水俣病」の三文字を目にすると、お会いしたなん人かの患者さんと石牟礼道子さんの顔が目に浮かぶ。そして原田正純さん。熊本大学医学部の神経精神科のお医者さんである。が、わたしにとっての原田さんは、福岡県大牟田市、三井三池炭鉱の一酸化炭素（CO）中毒患者救済にあたった医師、としてなじみ深い。

いまは被害者以外のひとたちからは忘れ去られているが、一九六三年一一月、熊本と県境を接した三井三池炭鉱三川坑内の炭じん爆発で、死者四五八人、労災認定CO

中毒患者八三九人の大惨事が発生した。

おなじ九州で、戦後最大の公害の水俣病と労働災害の炭鉱大事故、このふたつの厄災に関わった希有な医師・原田さんは、温顔のひょうひょうとした、酒を愛するひとだった。

爆発事故後五、六日たって、熊本大学の医局員だった原田さんたちは、県内北部の荒尾市民病院へ派遣された。歌を歌うひと、大声で叫ぶひと、落ち着きなく徘徊するひと、ズボンをはくとき前後がわからないひと、ひとりが歌えばみんなが手拍子。付き添いの妻や家族まで笑いこけていた。

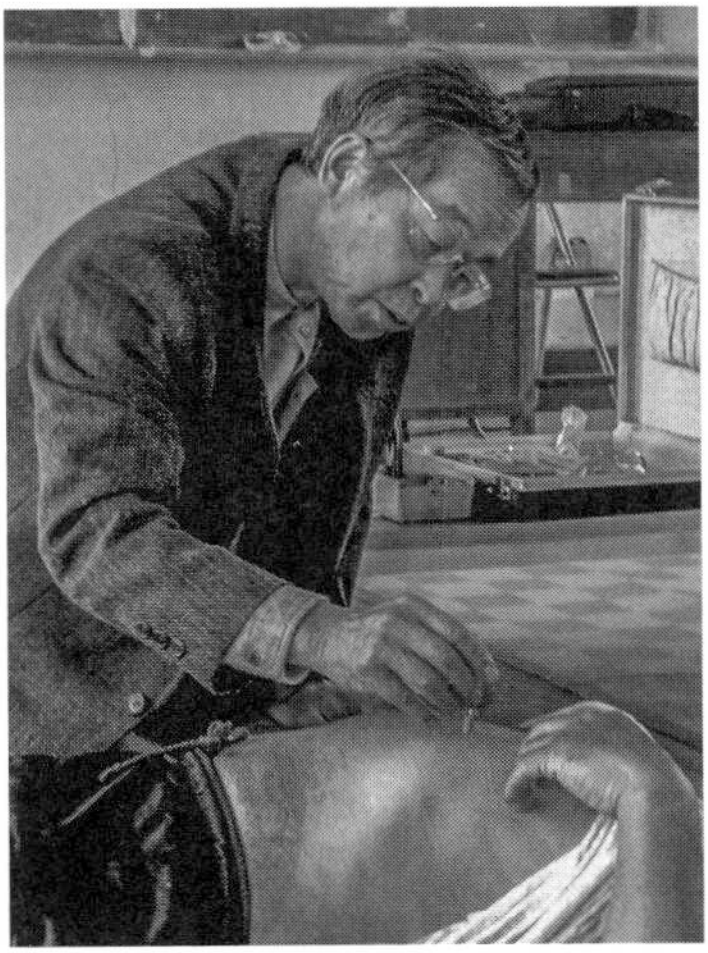
胎児性水俣病の疑いがある患者の検診
(2001.5，鹿児島県出水市)

ガス地獄から生還した安堵感か、病室は奇妙に明るかった。が、その奇妙さがそれから何十年もつづくとは、だれも思っていなかった。精神科医の原田さんにもはじめての体験だった。「なぜか無性に悲しかった」（著書『炭じん爆発』）

一九六〇年。「総資本対総労働」といわれた三井三池大争議は、労組側の敗北に終わり、労組による坑内の安全点検闘争は弱まっていた。事故後六年たってから、わたしも患者さんの家庭を取材でまわった。その後もなんどか訪れたが、中高年の労働者たちが会社の施設に収容され、記憶を取りもどすために、プリントされた歌詞の紙片を握りしめ、「北国の春」を斉唱する光景に胸が詰まった。

遺族の一部が鉱山所長を殺人罪、鉱山保安法違反で訴えたが、不起訴になった。三池労組には裁判闘争をする方針がなかった。夫がCO中毒患者になった松尾蕙虹《けいこう》さんは、七二年に友人夫妻とたった二家族で、独自に損害賠償請求裁判を起こした（のちにあと二家族が参加）。

その三年前、水俣病二九家族が、石油化学会社・チッソを相手に裁判を起こしていた。それに力を得た松尾さんは、いきなり原田さんを大学に訪ね、裁判での証言を懇願した。「直接こられたから、引き受けざるをえなかった。代理人を通してならお断りしていました」と原田さんは淡々とした口調で語った。

三井大資本を相手どった、たった四家族の原告団にとっての守護神は、「ぼくは開業医の三代目ですから」という。水俣病の裁判闘争でも、患者の家になんども足を運んでいた。「家庭訪問が医者の原点」が信念だった。

八〇年代はじめ、ベトナムを経由するピースボートに、一般乗客として乗船してきた原田さんがいて、驚かされた。ホーチミン市のトゥーズー病院に入院中の、「結合双生児」ドクちゃん、ベトちゃんを訪問する旅だった。

同行していた水俣闘争支援者が提案したのか、船内で講座がひらかれた。会場は船底の薄暗い小部屋で、聴衆は車座で四、五人ほど。残念ながら、ピースボートの若いスタッフに、「胎児性水俣病」を立証した功労者にたいする認識がなかったのだ。「講師」として乗船していたわたしは、申し訳なさを強く感じた。

伊藤ルイ

「いきいきと
生きはじめたばかりなのに、
なんでいま
死ねるもんですか」

いとう・るい
1922.6.7－1996.6.28（74歳）.
神奈川県生まれ．市民運動家・
作家．著書『海の歌う日』『虹
を翔ける』ほか．

父親と母親、そしてたまたま一緒に歩いていた六歳のいとこ。一九二三（大正一二）年九月、関東大震災のどさくさ紛《まぎ》れに、東京・大手町の東京憲兵隊本部に拉致《らち》された。三日後、構内の古井戸から三つの遺体が発見された。このとき、四女の伊藤ルイさんはまだ、一歳半だった。非業の死を強制された大杉栄と伊藤野枝、そのふたりの強烈な個性のもとに生まれた女性である。

大杉栄の伝記『大杉榮　自由への疾走』を書くとき、わたしは、ルイさんから、両親の死を伝える『福岡日日新聞』など、当時の資料を貸していただいた。貴重な資料が惜し気もなく送られてきた。彼女が書き遺した四冊の著作には、切実な想いがこめられているのだが、それぞれに、潔い人柄を強く感じさせられる。

ルイさんは、福岡県今宿《いまじゅく》村(現・福岡市西区)、野枝の実家に連れていってくださった。野枝の前夫の辻潤《つじじゅん》も大杉も、ここの洗濯おけで乳児のおむつを洗っていた。大杉がくると、私服刑事が角に立って見張っていたそうだ。

両親の死後、ルイさんはこの家に引き取られて小学校へ上がった。が、その学校には、第一次上海事変(一九三二年)のとき、爆弾を抱えて敵陣に突進、血路を開いた英雄「肉弾三勇士」の妹がいた。その子と「天皇に弓を引いた男」の子ども。この校内での極端な対比は、差別をあからさまな形にした。

『海の歌う日』出版記念会で(1985.12, 福岡市)
／撮影・梶原得三郎

一七歳で結婚。夫は中国戦線で勇猛果敢な兵士として負傷。性格は明朗快活だったが、戦場でのトラウマを抱えていた。戦後は労働運動でレッドパージ。酒とギャンブルで借金漬けだった。

長男が高校にあがるのを契機に、自立をもとめ、博多人形の彩色職人になるため、工房に弟子入りをした。その五年後。「離婚を決意して六年、私はけっして物事を急ぐほうではない。不合理、非合理を引きずりながら二十五年をきた」「別れ話は五分とはかからなかった」(『海の歌う日』)。四二歳。決然として家をでた。

ルイさんは野枝の細面《ほそおもて》の顔立ちと「目玉」の異名をもつ大杉の大きな目を受け継いでいる。くるくるよくまわるのだが、じいっと見つめる目でもあった。野花が咲いている丘の上を、ふわふわ躍るように歩いている、楽し気な歩き方だった。

松下竜一さんが大分県中津市で発行していた『草の根通信』に、「草の根紡ぎ人」として、一九八三年からの一四年間、「旅日記」を連載していた。これらは『虹を翔ける』と『海を翔ける』の単行本として出版された。わたしの友人たちもふくめて、全国の数百人のひとたちが実名で登場する、驚くべき書物である。

六二歳のとき、たまたま同席した五四歳の流行作家から、「もうやりたいことはおおかたやったし、いつ死んでもそう未練はありませんね、ねえ、そうですよねえ」と同意をもとめられて、胸の中でつぶやいた。

「私が伊藤るいとして……いまいきいきと生きはじめたばかりなのに、なんでいま死ねるもんですか、もったいない」(『必然の出会い』)。静かな抗議だった。あと三〇年、育ててくれた祖母の歳まで生きる、との決意でもあった。

キューバのハバナ港を出航するとき、ルイさんと、ピースボートの船べりに並んで、見送りにきたひとびとを眺めていた。

「着いたときはだれひとり知らなかった。でも、いまはいっぱいいるんですよね」

ルイさんは、岸壁の木陰に座りつづけ、観光をすることもなく、さまざまなひとたちと長い時間話し合っていた。

佐木隆三

「鉄と人間――
わたしは正面から、
このテーマに
取り組みたいと思う」

さき・りゅうぞう
1937.4.14－2015.10.31（78歳）．朝鮮生まれ．作家．著書『ジャンケンポン協定』『復讐するは我にあり』ほか．

「戦後最悪の連続殺人事件」。福岡、静岡などで詐欺、殺人を重ねた西口彰の犯行を徹底取材、『復讐するは我にあり』（一九七五年）で、直木賞を受賞。数多くの犯罪ルポで知られる佐木隆三さんは、生まれも育ちも労働者作家だった。

デビュー作といえる『ジャンケンポン協定』は、高卒後、就職した八幡製鉄（現・日本製鉄）の労使協調路線を風刺した作品で、一九六三年に新日本文学賞受賞。二六歳で才能あふるる作家として登場した。

五万人の社員を抱えるさしもの大製鉄所も、不景気になって全労働者にジャンケンをさせ、半分の負け組を解雇する、との労使協定を結ぶ。と、組合員たちはジャンケン相手にむかって「今度はグーです」「はい、今度はグーを」とひそかにささやいて、無限に「アイコでショ」をつづける。奇抜な小説だった。

自宅で酒を楽しむ（2006 年頃，北九州市）／遺族提供

このころ、佐木さんは圧延工場の現場事務から、文才を認められて「所内報」の記者に抜擢《ばってき》されていた。ペンネームとはいえ、自分の職場を舞台にした、大胆極まりない労使の風刺作品だった。社内にはまだ言論を封殺しない自由があったようだ。

佐木さんは広島県の農村から、朝鮮へ移住した農民の息子だった。二人の兄と姉の下に生まれた末っ子だが、出征した父親はフィリピンで戦死。帰郷した母親が仕事をもとめ、四人の子どもを連れて製鉄の街・八幡市（現・北九州市）に移住した。

長兄は八幡製鉄、次兄はその下請けの運送会社、姉の夫も八幡製鉄に就職、と製鉄一家だった。就職してから、次兄（ペンネーム深田俊祐《しゅんすけ》）や友人たちとガリ版の同人雑誌『日曜作家』を発行していた。小説を書きたくて書きたくてたまらない、というほどに表現欲がみなぎっていた。

同人雑誌ばかりか、所内報の『くろがね』や隔月刊『製鉄文化』、さらには労組機関紙『熱風』。職場の上司・岩下俊作は映画「無法松の一生」の原作『富島松五郎伝』の著者としてよく知られ、火野葦平《あしへい》などとともに『九州文学』の主宰者だったが、その同人にもなっていた。

六〇年安保改定反対闘争の前後、まだ労働運動がさかんだったころ、各労組には支部ごとに機関紙や文学サークルがあって、労働者作家を輩出、それが組織活動を活発にしていた。左派系では『新日本文学』に影響力があった。佐木さんはここによく小説やルポを書いていた。わたしはまだ学生だったが、一歳上、早熟なこの作家の作品をよく読んでいた。

実はわたしもまた日本の基幹産業のそのまた中心、八幡製鉄を書きたいと思い、鉄鋼業界紙に就職を決めていた。浅原健三の『溶鉱炉の火は消えたり』が愛読書だった。佐木さんの『大罷業』(一九七六年)は、この浅原が指導したストライキの記録小説であり、『冷えた鋼塊』(一九八一年)は製鉄所勤務を結実させた長編小説だった。あとがきに、「鉄と人間――わたしは正面から、このテーマに取り組みたいと思う」と書きつけている。北九州・八幡港が面している洞海湾の公害を、『死に絶えた風景』として書いたとき、わたしは次兄の深田俊祐さんと知り合っていた。

『ジャンケンポン協定』から約二〇年がたって、新日本文学賞を死刑囚・永山則夫の『木橋』が受賞した。わたしの高校同期生・白取清三郎が編集した単行本の帯に、選者の佐木さんは「なぜ人が小説を書くのか、知らされた」と書き、わたしも選考理由を「彼は悲惨な逃走をやめて踏みとどまり、己れの体験を凝視した」と書いた。

本島　等

「やられるかもしれない」

もとしま・ひとし
1922.2.20－2014.10.31（92歳）．長崎県生まれ．1979－95年，長崎市長．

九州最西端の五島列島。三〇戸ほどの隠れキリシタンの集落。母親はカトリックの「公教要理」の「教え方」(教師)だった。父親は小舟で魚をとって生活していた。が、隣村に妻子がいた。「いっぺんだけでぼく産んどるんです。母がそういったの」

初対面なのに、本島等・長崎市長は、こちらが動揺するほどに、あけすけだった。それが相手の反応をみるためなのか、それとも人柄なのか、と戸惑うほどだった。が、話はそのまま進んだ。

父親は村から追放された。母親は彼を産んで一一カ月後、対岸の佐世保に嫁いだ。「母は父を恨んでいたですね。『教え方』はだめになったし、オムツ一枚もらったわけではない」。ユニークな話術がひとを魅了した。

中国人原爆犠牲者追悼式に出席(2014.7, 長崎市)

「天皇の戦争責任はある、と私は思います」

一九八八年一二月七日、真珠湾攻撃四七周年を前にして、長崎市議会での、たったこれだけの発言だった。いまでは考えられないことだが、右翼からの電報、電話が殺到した。市議会、県議会でも自民党の市議、県議たちが撤回をもとめる大騒ぎになった。「撤回は私の(政治的生命の)死を意味する」と本島さんは突っぱねた。市役所へガソリン缶を提げた男が押しかけ、右翼の街宣車が集結した。全国から抗議と激励のハガキや封書が送られてきた。昭和末期、天皇危篤下での騒動だった。五期二〇年の県議のあとの市長三期目、自民党党員の発言だったことも、裏切りとして怒りを買ったのかもしれない。

長崎駅にほど近い市長公舎。天皇発言から八カ月たっていたが、取材に訪問した日も、差出人不明の実弾が送られてきた、と私服刑事があわただしく出入りしていた。トレーニングウェア姿であらわれたご本人は、「ばあさん相手に酒飲んでも五勺ぐらいで、もう飲みたくなくなるしねえ、酔っぱらわないわけさ」と不謹慎なことをいっていた。

五島の小学校は往復二〇キロの道のりだった。銀行給仕、文選工見習い、魚市場での魚箱片付け、造船所の養成工、下請け鍛冶工、歯科医の書生。夜間中学卒業後は、佐賀高校(旧制)、京都大学工学部卒。理科系だったので入隊が遅れ、学徒出陣で戦地へ行かずにすんだ。予備士官学校を出て、後輩の教育担当になった。

「天皇陛下のために死ねっちゅうことは、しょっちゅういってたとですよ。だから、ぼくにも戦争責任があるんです」

「天皇の戦争責任はある、とぼそぼそいっただけだ。勇気ある発言っていうけど、ばかいうな、おれに勇気なんかあるかっていうんです」

その三年前、ドイツのヴァイツゼッカー大統領は、「過去に目を閉ざすものは現在もみえなくする」との有名な演説をしている。「能《あた》うかぎり真実を直視しよう」という、自己点検の精神だった、と本島さんは理解している。

三〇軒のキリシタン集落。同級生の男七人は戦死や戦病死、生き残ったのは彼一人だけ。女三人のうち一人の夫も戦死した。「戦中派は戦争にこだわる」と本島さんはいう。当然のことだ。帰りぎわ。玄関で靴をはいていると、耳もとで「やられるかもしれない」と暗い声でいった。

背後から射撃され、瀕死の重傷を負ったのは、その五カ月後の一九九〇年一月。保守派の主張で、本島さんの警備予算が削減されていた。

大田昌秀

「どんな非難、中傷、謀略ビラでたたかれようと、摩文仁の戦場にもどったつもりでやれば、乗り切っていけます」

おおた・まさひで
1925.6.12－2017.6.12（92歳）．沖縄県生まれ．社会学者．1990－98年，沖縄県知事．著書『醜い日本人』ほか．

大田昌秀さんに何年ぶりかでお会いすると、開口一番、「ドン・キホーテと書かれましたね」と笑顔をみせた。県知事に就任した日、わたしは知事室で取材した。その記事を思い出していたようだった。

「政治の力関係を無視した主張は、やがてドン・キホーテの謗《そし》りを招かないともかぎらない。どこか悲劇の政治家ゴルバチョフの風貌を思わせる当人は、それも先刻承知の様子である」（『ＡＥＲＡ』一九九一年一月一五日号）と書いていた。

県議会内での少数与党だった。三万票の票差で前任者の西銘順治《にしめじゅんじ》氏の四選を阻止した。公約は「基地撤廃」。まるで巨大な米軍基地に立ちむかう、セルバンテスの小説の主人公のようだった。そのこともあってか、八年のちの九八年、三期目の県知事選では、出所不明の不穏なステッカー「九・二%」(当時の沖縄県の失業率)、「県政不況」が電柱に貼られ、悪宣伝の攻撃にさらされた。

普天間基地県内移設反対の沖縄県民大会で(2010.4, 沖縄県読谷村)

そして、自民党・沖縄財界にバックアップされ、「反基地よりも経済」を訴えた、保守派の候補に敗れた。そのあと参院議員を一期。政界を引退したあと、自身で開設した「沖縄国際平和研究所」に通っていた。そこで、長年にわたって集めた、沖縄戦や戦後占領期の膨大な資料や写真を公開していた。

そのひなびた貸しビルの事務所を訪問したのが、亡くなる数年前のことだった。

琉球大学教授から、県知事に転進した大田さん初登庁の日(一九九〇年一二月一〇日)。クルマを降りて玄関に入ると、歓迎の指笛が響き、紙吹雪が舞い、拍手が巻き起こった。一二年ぶりに、革新知事が県庁にもどった瞬間だった。眉が濃く目の大きい、沖縄的な少壮学者の風貌で、六五歳には見えず若々しかった。

合同記者会見が終わって、大田さんは知事室にはいった。肘掛け椅子が壁に長い列をつくって並んでいるまん中に、ぎこちなく座った。予定行事はないようだった。その日、昼休みを挟んで三時間以上、沖縄戦などの話を聞いた。

最初に「基地撤廃」は沖縄の精神の自立のためだ、といった。「軍事地主の子どもたちの間に、勤労をいとうムードが浸透しています。わたしは落選してもかまいません。でも、子どもたちの将来を考えてください、と訴えました」

沖縄師範学校本科二年(一九歳)のとき、鉄血勤皇隊に動員され、沖縄守備軍司令部付になった。米軍と対峙する摩文仁《まぶに》の丘にいた。足に負傷してひとりさまよい、崖っぷちの自然壕に近づいたとき、なかにいた日本軍兵士に、「スパイだろう」とピストルを突きつけられた。「本土の兵隊同士が食糧をめぐって殺し合うのをみた」ともいう。

米軍の砲撃などによって、一二〇人いた同期の学生のうち、生き残ったのは三〇人たらず。戦後の自分の人生は「血で贖《あがな》われたもの」との意識が強い。「どんな非難、中傷、謀略ビラでたたかれようと、摩文仁の戦場にもどったつもりでやれば、乗り切っていけます」。確信がこもっていた。

二期目。大田知事は、軍用地強制使用に関する職務執行命令(代理署名)を拒否して、日本国総理大臣から訴えられた。九六年三月、「裁かれるべきは、沖縄に広大な軍事基地を押し付けている国の側だ」と、福岡高裁の法廷で主張した。

阿波根昌鴻

「わしゃ、当分死なない。病気にもならない。休むことはできない」

あはごん・しょうこう
1901 頃－2002.3.21（101 歳）．沖縄県生まれ．農民・平和運動家．著書『米軍と農民』『命こそ宝』ほか．

はじめて沖縄に渡ったのは一九七五年春。「本土復帰」から三年目。本島北部で開催される「海洋博」の前夜だった。

農民の土地が買収され、工事が進められていた。会場周辺を歩きながら、わたしは水平線のむこうに、つばの広いメキシコ帽のような島影を遠望していた。伊江島である。その不思議に誘われて、村営フェリーに乗った。

波止場から歩いて五、六分。ちいさな雑貨屋があった。飛び込み取材。阿波根昌鴻さん（当時七四歳）との出会いだった。

　小柄な痩身、洒脱《しゃだつ》な語り口、笑顔の明るいゴム草履の老人。しかし、あたりを漂《ただよ》う気品があった。庭には島で回収された爆弾が陳列され、原爆の模擬弾という、円すい形の爆弾もあった。にわかに信じがたい光景だった。いま、このご自宅にあった戦争の証拠品は、「ヌチドゥタカラ（命こそ宝）の家」という名の、反戦平和資料館に展示されている。

「ヌチドゥタカラの家」で（1984.4，沖縄県伊江村）／撮影・張ヶ谷弘司

　阿波根さんの手元に「爆弾日記」と記されたノートが三十数冊、それと数多くの写真が残されてあった。それらを見せていただくため、わたしは翌日も訪問した。
　「一九五五年五月九日　晴　演習午前九時ごろ」と、米軍の爆弾が、人家のそばに落下した日の記述から、

「爆弾日記」は書きはじめられている。

わたしたち「内地」に住む者には信じられないことだが、米国との戦争が敗戦に終わって一〇年。伊江島に米兵が再上陸、無法にも演習地を拡大して射撃訓練をはじめた。「銃剣とブルドーザー」によって住宅と農地が奪われ、島の三五%(最大時は六三%)が軍用地にされた。米軍政下の暴挙だった。

敗戦直前の沖縄戦で、伊江島だけで民間人一五〇〇人、軍人二〇〇〇人、米兵八〇〇人が死亡した。阿波根さんのひとり息子も一〇代で戦死している。その悲惨な歴史に上乗りする土地収奪だった。

「爆弾日記」には、生活できなくなった島民が、演習地に入って逮捕、投獄され、二〇歳の若者が空からの直撃弾で死亡したなど、淡々と記録されている。生活のために畑に落下した不発弾を回収、解体して転売していた村びとが、作業中の暴発で死去した記録もある。

貧しい農家に生まれた阿波根さんは、二二歳のとき出稼ぎ労働者としてキューバに渡った。製糖工場の掃除夫、そのあと開墾をはじめたが、生活が成り立たず、ペルーに移住して、床屋になった。一〇年ぶりに妻のもとに帰ったとき、無惨にも、無一文だった。戦後になって、ようやく農業で暮らせるようになった。

それもつかの間、米軍の土地強奪だった。阿波根さんは島のひとびとを率いて「乞食行進」をはじめた。托鉢《たくはつ》をしながら全島をまわり、米軍支配下の琉球政府庁舎前に座り込んだ。「乞食をするのは恥ずかしい。しかし、われわれの土地を取り上げ、乞食をさせる米軍はもっと恥ずかしい」

プラカードに書かれた抗議文だった。最初にお会いしたとき、「わしゃ、当分死なない。病気にもならない。休むことはできない」といった。米軍にたいする、捨て身の非暴力闘争は、乞食行進から二七年もつづいた。二〇〇二年三月、一〇一歳の不屈の人生を閉じた。「沖縄のガンジー」といわれている。

「基地をもつ国は基地で滅び　核をもつ国は核で滅ぶ」。それが遺言である。いまも連日、米軍の辺野古基地建設に抵抗する闘争がつづけられている。沖縄に苦しみを押し付けているのは、わたしたちだ。

斎藤茂男

「事実が『私』を鍛える」

さいとう・しげお
1928.3.16－1999.5.28（71歳）．
東京都生まれ．ジャーナリスト．著書『わが亡きあとに洪水はきたれ！』ほか．

同時代を生きたユニークな新聞記者で、知遇を得たひとはなん人かいる。そのなかで書籍化した記事がもっとも多いのは、本多勝一さんと斎藤茂男さんである。ふたりとも「ルポルタージュ」にこだわっていた。

本多さんはベトナム戦争を取材した『戦場の村』や『カナダ・エスキモー』でよく知られ、斎藤さんは『わが亡きあとに洪水はきたれ！』『妻たちの思秋期』など、日本を歩きまわって、庶民の苦しみをこまやかに描いた。

共同通信の記者だった斎藤さんと最初にお会いしたのは、新宿駅ちかくの喫茶店だった。左肩をやや前へ突きだし、目はまっすぐに食いこんでくる、剣士の構え。四〇代半ば、新聞記者の気迫がみなぎっていた。

大企業の労働現場を取材する企画をたてた斎藤さんは、『自動車絶望工場』を出したばかりのわたしと会って、なにかヒントをつかもうとしていたようだった。まもなく、「ああ繁栄」の通しタイトルで、トヨタ自動車、新日鉄(現・日本製鉄)、石川島播磨重工(現・IHI)などにおける、労働者の疎外状況を描く壮大な記事が、三〇ほどの地方紙に連載された。

徳島ラジオ商殺人事件の死後再審勝訴集会で(1985.7, 徳島市)

大企業が実名で新聞記事になるのは、公害や贈収賄などの事件や事故が発生したときぐらいだった。労働者の証言によって、企業の内部が批判的に語られることなどほとんどなかった。その思い切りの良さに、わたしは感嘆させられた。

「ああ繁栄」は完結したあと、『わが亡きあとに洪水はきたれ！』として、経営者の無責任を批判する、古典的な表現のタイトルに変えられて出版された。

この本の「あとがき」に、父親が東京の零細工場の経営者だった、と書かれている。そこで働いていた「タミさん」や「タケちゃん」といった、身近にみてきたちいさな労働者の誇り、屈折など、人間性の賛歌が、斎藤ルポの源流なのだ。

そしてあたかも長征のように、斎藤さんは会社から学校、学校から家庭へと進み、そこにあらわれた、高度経済成長のひずみをえぐる取材にむかう。

「とり澄ました記事ではなくて、記者自身が職業としての記者の立場以前の人間として、誠実にこの現実を見すえ、人間の立場で感じ考えた、その本音をぶちまける記事を」「取材対象に向かって人間としてせいいっぱい立ち向かった痕跡がうかがえるかどうか」（著書『事実が「私」を鍛える』）と問いかけている。

「生涯一記者」。もっとも記者らしい記者だった。が、中立、公正を旨として「たして二で割る」ような「客観報道」には批判的だった。状況そのものを実在感をこめて書く「主観報道」を提起する、もっとも記者らしくない記者でもあった。

いま、政府が不況に苦しむひとびとに背をむけ、福祉を削り、増税によって軍備を増強、敵基地攻撃能力の強化のために、ミサイルを大量に輸入する、との戦争準備を公然と語る時代になった。

斎藤さんは一九九二年の著書『新聞記者を取材した』で、「その人の仕事と生活をひっくるめた全体的な生のスタンスが、正真正銘、人間らしい優しさ、しなやかさを湛えているかどうか」が問われるようになる、と書いている。

人間らしく生きることの対極が戦争である。戦争にむかう道にいて、なにを書くのか、ジャーナリズムは、いまそれを問われている。

あとがき

あっ彼は此の世に居ないんだった葉ざくら　池田澄子

作家の小沢信男さん、九三歳。遺稿となったエッセイ末尾におかれた一句だった。「人は生きていたときのように死んでいる」(二三三頁)とおっしゃるのだが、あの世へ引っ越ししても、なおおなじような日常を送っている、ということなのだろうか。

このちいさな本に登場していただいたのは、なんどもお会いしたひとたちや一度だけ謦咳《けいがい》に接したみなさんである。そのときうかがった印象的な「言葉」を書き記した。折りにふれ、自分を励ましてきた言葉である。

共同通信社を通じて、全国の地方紙に三年にわたり連載し(二〇二〇年一月～二三年三月)、三六人に登場していただいた。連載が終わった直後、大江健三郎さんが他界されたので、その追悼原稿を書いた。と、やはり「さようなら原発」運動の呼びかけ人として、集会に参加されていた坂本龍一さんが、つづけて世を去った。打撃だった。坂本さんの、「フクシマのあとに沈黙しているのは、野蛮だ」との言葉を、ここに追記しておきたい。

福島原発事故の一年前に、六ヶ所村の核燃料再処理工場反対のちいさな集会で、わたしは坂本さんにお会いしていた。事故後は若いロックグループなどに呼びかけ、ご自分で運動をつくっていた、反原発の筋金入り、大胆な運動家だった。大江さんの「侮辱」、坂本さんの「野蛮」は、原爆転じて原発に商業利用された「核」を、「科学技術の最先端」として押しつけた者たちへの人間的な批判である。

亡くなられてしまうと、あぁ、もっとお会いしておけばよかった、と思うのが人情というものなのだろうか。わたしは人見知りが強く、なかなかひとにお会いしない。それでいて、取材を強調する「ルポライター」を肩書きにしているのだから、欺瞞《ぎまん》的だ。

学生のとき、六〇年安保条約反対闘争が起こり、クラスはクラス討論でストライキにはいり、国会へむかった。その討論を教室の後ろで傍聴していた教授が、「きみは吃《ども》らなければいいのにね」と同情的だった。そのころ、街角の電柱には「吃音《きつおん》矯正します」「吃音治療」などの貼り紙があった。いまは見当たらなくなってしまったが……。

取材にいっても、相手のうちや会社に飛びこめず、喫茶店に寄って、心の準備をしたりしていた。自分が話すよりも、人の話を聞くほうが好きなのは、意外に取材にむいていたのかもしれない。たまたまの会話の断片、取材ノートや録音テープ、頂いた手紙や著作などから浮かび上がってきた言葉。その言葉を反芻《はんすう》しながら、わたしはわたしを支えてきた。

登場人物のなかで、一人だけ現役の人物がいる。冤罪の袴田巌さんである。死刑宣告を受けたのは、一九八〇年一一月。刑事訴訟法によれば、死刑確定から「六カ月以内」に執行の命令をしなければならない。確定死刑囚としての三四年間、その苦悶《くもん》が、袴田さんの現世からの「乖離《かいり》」を強制するようになった。

共同通信社にいて、各紙に連載された記事を企画してくださった藤原聡さん、写真を提供してくださった同社写真部のみなさん。石川文洋《ぶんよう》、本橋成一、島田恵《けい》、藤部明《とうぶあき》子《こ》、田村玲央奈《れおな》、梶原得三郎、張ヶ谷《はりがや》弘司《こうじ》など、フリーの写真家のみなさん。順不同で掲載されていた原稿をまとめてくださった岩波書店の大山美佐子さん。校閲者の八島文子さん。ありがとうございました。

二〇二三年六月一二日

鎌田　慧

鎌田 慧

1938年青森県生まれ．ルポライター．

労働，原発，冤罪，沖縄問題などを取材・執筆するとともに，各地に足を運び運動につらなる．「「さようなら原発」一千万署名市民の会」呼びかけ人など．

著書『自動車絶望工場』『六ヶ所村の記録』『原発列島を行く』『大杉榮 自由への疾走』『残夢』『声なき人々の戦後史』『叛逆老人は死なず』ほか多数．

忘れ得ぬ言葉 私が出会った37人

2023年8月9日 第1刷発行

著 者 鎌《かま》田《た》 慧《さとし》

発行者 坂本政謙

発行所 株式会社 岩波書店
〒101-8002 東京都千代田区一ツ橋2-5-5
電話案内 03-5210-4000
https://www.iwanami.co.jp/

印刷・精興社 製本・牧製本

ISBN 978-4-00-061605-8 Printed in Japan